KB155181

맛김 현대 판타지 장편소설

WISHBOOKS MODERN FANTASY STORY

책 먹는 배우님

책 먹는 배우님 7

맛김 현대 판타지 장편소설

초판 1쇄 찍은 날 | 2019년 5월 15일
초판 1쇄 펴낸 날 | 2019년 5월 22일

지은이 | 맛김
펴낸이 | 예경원

기획 | 위시북스
편집책임 | 이규재
편집 | 위시북스

펴낸곳 | 예원북스
등록번호 | 제396-2012-000132호
등록일자 | 2012. 7. 25
KFN | 제1-410호

주소 | 경기도 고양시 일산동구 호수로 646-24 위너스21II빌딩 206A호 (우)10401
전화 | 031-819-9431 팩스 | 031-817-9432
E-mail | yewonbooks@naver.com

ISBN 979-11-6424-293-1 04810
      979-11-89701-14-7 (set)

맛김 현대 판타지 장편소설

WISHBOOKS MODERN FANTASY STORY

7 완결

책 먹는 배우님

책 먹는 배우님

CONTENTS

··· 1장 ···

알카트라즈

박진우 연출을 포함한 제작진들은 매일 아침 섬으로 들어가 세트 준비를 마무리 지었고.

"오, 일찍 나왔네요. 재희."

"네. 오전 운동은 이제 스쿼트만 남았습니다."

"에, 벌써? 안 본다고 설렁설렁했을 사람은 아니지만. 믿어도 되겠죠?"

"그럼요."

나는 운동에만 집중했다. 비단 나뿐만 아니라, 박진우 연출과 함께 호주로 입국한 다른 할리우드 배우들 역시 현지에서 함께 땀을 흘렸다.

오전 오후 내내 액션과 무기술을 연습하고 나면, 저녁은 자유시간. 호텔 수영장에서 여유롭게 수영을 즐기거나, 바람이 좋은 날에는 바다에 나가 서핑을 배우기도 했다.

호주 생활은, 익숙하지는 않지만 꽤 즐거웠다. 일정한 루틴이 반복되던 이전과는 다른 사이클이었기 때문이다.

파티도 자주 이루어졌다. 모두 내일의 스케줄이 있기 때문에 죽자 살자 마시지는 못하지만, 심심찮게 호텔 테라스에서 '와인 회담'이나 '맥주 대동'이 이루어졌고 야외 가든에서는 해산물 파티가 열렸다.

'마감은 다 하셨나요?'

최대한 빨리 영화를 끝내야 한다는 부담감이 있는 만큼, 투자를 취합한 하이마운트 픽쳐스 입장에서는 마감 독촉을 하는 편집자처럼 뒤에서 눈치를 줄 법도 했지만.

"오늘 먹고, 내일 더 열심히 하면 되지요. 안 그런가요?"

마인드 자체가 다르다. 독촉한다고 영화가 잘 나오지 않는다는 것을 알기 때문이다.

그래, 이 정도의 휴식은 있어야지.

몇 주간 이런 생활을 반복하다 보니, 포트 스티븐즈 현지인들이 나를 알아보기 시작했고. 첫 촬영 날짜가 잡힐 때쯤에는, 호주의 유력 언론사가 취재를 나오기도 했다.

꽤 꿈 같은 나날이지.

나는 비장한 마음으로 호텔 객실 화장대에 앉았다.

"오빠. 준비되셨어요?"

"……정말 헤어도 할 줄 아는 것 맞죠?"

영미 씨는 스타일리스트지, 샵 언니들이 아니잖아.

하지만 영미 씨는 당당하게 씩 웃으며 가위를 흔들었다.

철컹, 철컹.

쇠가 부딪히는 서슬 퍼런 소리가 귀에 꽂힌다. 이런 내 마음도 모르고 영미 씨는 활짝 웃으며 내 목에 가운을 둘러주었다.

"그럼요. 저 미용고 출신이라니까요. 신사동 샵에서 근무도 했었고."

"……디자이너로요?"

"뭐, 비슷해요."

"……"

디자이너는 못 달고 샴푸만 한 거 아냐?

처음에는 반대도 했었다. 이곳 헤어샵을 믿을 수 없다는 영미 씨의 말에, 그럼 시드니로 가거나 아니면 출장 디자이너를 부르는 것은 어떠냐, 별의별 의견이 다 나왔지만.

"믿어보시라니까요."

"……"

머리 스타일에도 나라마다 색깔이 있다며, 한국인은 한국인이 잘라야 한다며 자신을 믿으라고 한다.

호주에 한국인 미용사가 있지는 않을까, 라고 나 대신 말한 재익이 형은 등짝 스매싱을 맞았다.

이렇게 자신만만한 데에는 이유가 있겠지?

직접 박진우 연출과 내 스타일에 대해서 대화를 나눈 사람도 영미 씨고……. 아마, 괜찮겠지?

나는 반쯤 자포자기한 심정으로 눈을 질끈 감고 그녀의 손에 리드를 맡겼다.

"……"

그런데 웬걸. 아주 능숙하다. 가위질은 한두 번 다루어본 사람이 아닌 듯, 프로의 향기를 풍겼고, 바리깡은 눈대중으로 대충 슥슥 미는 것 같았지만 비율이 정확했다.

손에 장갑을 끼고 염색제와 파마약을 내 머리에 바르는 영미 씨를 보고 있자니 궁금증이 밀려왔다.

"영미 씨."

"네?"

"샵 그만둔 지 오래되지 않았어요?"

"……그렇죠? 대충 5년도 더 되었죠?"

샵은 갑갑해서 체질이 아니라며, 잘나가던 그곳을 뛰쳐나와 엔터 업계 스타일리스트로 도전을 시작했다. 벌써 경력 4년 이상의 프로 스타일리스트가 되어 승진을 눈앞에 두고 있지만 '헤어 디자이너' 경력은 미천한 그녀.

근데, 왜 이렇게 머리를 잘 만지는 거야?

"친구들 머리도 종종 만져주나 봐요?"

"아뇨. 그럴 리가. 그년들이 얼마나 까칠한데."

"……그럼 최근에 머리 손질한 게 언젠데요?"

"아, 몰라요. 지금 집중 중."

"……."

내가 입을 꾹 다물자, 영미 씨는 거울을 통해 나를 힐끔 들여다보더니, 한숨을 포옥 내쉬며 작게 중얼거렸다.

"저, 개 키우거든요."

응? 뭐라고?

"이름이 뽀미인데, 제가 머리 만져줘요. 그래서 그래요."

"……."

아, 그러세요. 개 머리털 손질하던 손맛으로 1,700억 원짜리 영화 주연 배우 머리를 직접 만져주시다니.

나는 할 말을 잃어버려 입술만 뻐끔거렸지만, 그녀는 나를 쳐다보지도 않고 자기 일에 열중했다.

그런데, 너무 잘하잖아.

컷트에 이어 파마까지 완벽하게 끝낸 영미 씨는, 샴푸까지 서비스로 해주더니 손에 에센스를 뿌려 내 머리를 만지작거리기 시작했다.

머리 기장이 길어 조금 덥수룩해 보이던 머리 스타일이 단번에 깔끔해졌다. 옆머리와 뒷머리는 보기 좋게 밀려 딱 떨어졌고, 윗머리는 짧아짐과 동시에 날렵해졌다. 그렇게 짧지도 않다. 조금 짧은 할리우드 스타들의 포마드 머리와도 흡사하다.

"다 됐다!"

영미 씨는 흡족한 얼굴로 거울을 보더니, 눈으로 말했다.

'어때요?'

으흠흠. 뽀미를 직접 보지는 못했지만, 썩 훌륭한 집사를 둔 것이 분명하다.

"잘하시네요. 정말, 놀랐어요."

"후후, 오빠 얼른 일어나요. 감독님 뵈러 가게."

"아, 네."

박진우 감독의 컨펌이 필요하다.

나는 제법 깔끔하지만 어색한 기장의 뒷머리를 긁적이며 박진우 연출이 묵고 있는 호텔 방의 문을 두드렸다.

"들어와요!"

박진우 연출은 마지막으로 스크립트를 검토 중이었다.

문을 열고 들어서자 박진우 연출은 스타일이 확 바뀌어 있는 나를 잠시 멀뚱멀뚱 바라보더니.

"우, 오……."

입꼬리를 올렸다.

"멋지네요."

"그런가요? 따로 수정 요청하실 부분은 없나요?"

"충분히 멋진데요. 지금 딱 좋아요."

김민희 PD도 엄지를 치켜세우며 영미 씨에게 물었다.

"영미 씨가 직접 하신 건가요?"

그러자 영미 씨는 한껏 어깨에 힘을 주며 말했다.

"네!"

"이야, 다음에 제 머리도 부탁드려야겠네."

"얼마든지요!"

분위기 좋은데.

이제껏 임했던 작품들은, 머리 스타일이나 의상에 그렇게 힘을 주지 않아도 되는 일상적인 캐릭터였다.

하지만 〈알카트라즈〉는 내게도 생소한 도전이다. 현대를 배경으로 두기는 하지만, 가상 현실이고 판타지다. 우리가 알고 있는 것과는 많은 것이 다른 공상 과학영화.

자연스럽게 이를 위한 외형적인 준비가 필요했고, 오늘 이렇게 준비를 마쳤다.

의상만 입으면, 새로운 나로 빠져드는 시간.

"이제 촬영만 하면 되겠네요."

첫 촬영은 악마 섬에 지어진 철옹성을 방불케 하는 절대 감옥 '알카트라즈'에서 시작되었다.

깔끔한 흰색 와이셔츠와 청바지를 벗어 던지고 허름한 죄수복을 입고 낡은 운동화로 갈아신었다. 분장을 이용해 얼굴에 음영을 부각시켰고, 머리는 의도적으로 헝클어뜨렸다.

손에 수갑을 차고 1980년대처럼 몸에 동아줄을 묶어 다른 죄수들과 일렬로 섰다.

눈에 살짝 힘을 주자, 일각에서 탄성이 터져 나왔다.

"기가 막히네!"

"봤어요, 지금 표정? 이야, 역시. 괜히 차세대 남우주연상으로 주목한 배우가 아니라니까."

나는 조금도 웃지 않았다. 아니, 못했다.

첫 촬영 숏이 얼마 남지 않았고, 지금 느끼고 있는 이 감정들을 놓치고 싶지 않았기 때문이다.

나는 LA에 머물면서 옷소매 아래 감추고 있던 손톱을 드러내었다.

이곳에서는 마음껏 드러내도 좋다.

누명을 쓰고 '알카트라즈'에 처음으로 수감 되는 장면. 이곳에 펼쳐진 생지옥의 현장을 가감 없이 보여주는 장면.

한편으로는, 주인공인 '이신'이 코너에 몰려 있는 상황이 할리우드에서의 내 상황과도 닮아 있다.

뭐, 물론 실제 면면을 들여다보면 비교할 건더기조차 되지 않지만 공통점이라면, 배수의 진을 쳤달까.

"자! 촬영 들어갈게요. 첫 촬영이니 안전하게 갑시다! 안전하게!"

"연기자분들 준비해 주시고, 보조출연자들! 정렬할게요!"

호주 현지에서 섭외된 보조출연자들이 죄수복을 입고 알카트라즈 내부에 자리 잡았다.

공을 차는 사람들, 일각에서 담배를 피우는 사람들. 벤치에 앉아 있는 사람들. 철창에 손을 얹고 새로 들어온 '신입생'들을 맞이하는 사람들. 장총을 소지한 간수들.

그리고 이 모두를 두려움 가득한 시선으로 바라보는 나.

일련의 준비가 끝나고, 박진우 연출이 메가폰을 들었다.

"갑시다!"

이날을 얼마나 기다려왔던가. 도재희×박진우가 만들어낼 영화 중, 반드시 화룡점정을 찍을 영화.

"오디오!"

"스피드!"

"카메라!"

"롤!"

"1-1-1"

탁!

"액션!"

우렁찬 소리와 함께, 연기가 시작되었다.

누군가 내 등을 거칠게 밀었다.

파악!

나는 한 발자국 앞으로 밀려나며 걸음을 절었다. 뒤를 돌아보니 장총을 들고 있는 간수였다. 간수는 내게 총구를 겨누며 신경질적으로 말했다.

"앞으로 가."

"……."

장총으로 내 날개뼈를 툭툭 치기 시작했고, 나는 입을 굳게 다물고는 말없이 앞으로 걸었다. 그러곤, 어마어마한 높이의 고층 감옥을 올려다보았다.

세상 다 잃은 듯, 만감이 교차하는 표정.

하지만 몇 걸음 걸어가지 못하고 앞의 죄수와 부딪혔다.

"밀지 마. 이 새끼야."

"……."

죄수가 내게 쌍욕을 퍼부었고, 나는 말 없이 이를 삼켰다.

왜 줄이 밀리는 걸까.

앞을 바라보니, 죄수들은 저마다 입고 있는 바지를 내리고 있었다. 간수들이 알몸 검사를 통해 안전을 확인하고, 들여 보내주는 방식.

내 차례가 되었다. 나는 덤덤한 표정으로 바지를 내렸다. 시선은 앞으로 향했는데, 나보다 앞서 먼저 검사를 통과한 죄수들은 들어가자마자 일렬로 자리에 선 채 누군가에게 구타를 당하고 있었다.

폭력을 휘두르는 사람은 간수가 아니었다. 죄수였다.

"똑바로 서, 이 새끼야"

죄수복을 입은 거구의 백인 한 명과 그의 패거리들이 알카트라즈의 실세라도 되는 듯, 무차별적으로 주먹을 난사했다. 하지만 그 어떤 간수들도 이를 제지하지 않았다. 오히려 조용히 지켜보며 자기들끼리 키득거리고 있다.

신고식……. 그래, 신고식이리라.

"통과."

"……."

나는 무덤덤한 얼굴로 바지를 올려 앞으로 걸었다. 내 눈앞에는, 신입 죄수들이 바닥을 뒹굴고 있고, 거구의 백인이 나를 노려보고 있었다.

다시금 실감이 난다. 내가 온 곳이 어떤 곳인지.

'벌레들이 벌레들과 함께 모여 사는 곳.'

지상 최대의 쓰레기 집합소. 죽어도 마음이 편치 않을 악인, 테러리스트, 연쇄살인마들이 즐비한 이곳. 세계정부가 공식적으로 만들어낸, 오물 처리장.

나는 오물이 아니다. 쓰레기도 아니고, 살인마도 아니다.

감정이 점점 격해진다.

나는 왜 이곳에 있는가.

걸음걸이가 점점 느려지고, 콧구멍이 벌렁거리고 입술이 반쯤 열렸다. 피가 치솟아 오르고, 눈에 힘이 들어간다.

눈에서는 한 방울의 눈물이 흘러내렸지만, 거구의 백인은, 이런 나를 기다려주지 않았다.

"짜지 마. 새끼야."

돌덩이 같은 주먹이 날아왔고, 나는 피할 수조차 없었다.

빠각!

그대로 바닥에 쓰러졌다. 재빠르게 가드를 올린다고 올렸으나, 무수히 많은 주먹이 내 가드 위로 날아와 꽂혔다.

퍽! 퍼버벅!

갈비뼈가 부서지고, 극한의 고통이 밀려왔지만 나는 그 흔한 신음 한 번 내지 않았다. 이를 악물고 버텨내었다.

나는, 이런 곳에 끌려왔다. 억울하게.

나는, 꼭 나가야만 한다.

독기 가득한 눈으로 알카트라즈의 담장을 올려다보았다.

우라질. 하늘 한번 맑다.

첫날부터 액션 촬영이라니.

"와아!"

하지만 NG 하나 없이 깔끔하게 끝내 버리는 연기에 박수갈채가 터져 나왔다.

이런 감정은, 익숙하지만. 항상 기분 좋은걸.

"괜찮아요?"

오케이 사인이 들리자마자 내게 무지막지하게 커다란 주먹을 휘두르던 백인 배우 '폴'이 손을 내밀었다.

"그럼요."

나는 미약하게 웃으며 폴의 손을 맞잡았다. 그는 나를 일으켜 주었다.

"폴, 한 번에 오케이 내주셔서 감사합니다."

"당연히 그래야죠. 저도 폭력적인 장면은 싫어한다고요."

"웅? 액션 전문 배우이신데도요?"

"액션을 전문적으로 찍기는 하지만, 저는 비(非) 폭력주의자입니다. 모르셨어요? 하하!"

전직 유명 레슬러이자, 현재는 할리우드 액션 전문 스타로 유명세를 떨치는 폴이 비폭력주의자라니.

"그럴 리가요?"

"정말인데요?"

"하하하!"

이 또한 코미디나 다름없다.

폴은 〈알카트라즈〉에서 나를 괴롭히는 핵심 인물 중 한 명이다. 악역이자 비중 있는 조연이며, 할리우드에서 다작(多作)을 하기로 유명한 배우기도 하다.

그에게는 특정 이미지가 존재하는데. 190㎝ 장신에 거대한 체구. 무식할 정도로 강력해 보이는 피지컬로 밀어붙이는 캐릭터는 그야말로 할리우드 캐스팅 1순위라고 볼 수 있다.

폴이 얼마나 독보적인 캐스팅 인지도를 자랑하냐면.

"최근에 리벤지 아메리카에서도 7회차 촬영을 나갔죠. 비중은 여기보다 좀 적은데, 그래도 대사가 많아서 좋았죠."

폴은 레오의 작품에도 출연했다. 똑같이 레오를 구타하는 근육 덩어리 악역으로.

"아, 그래요?"

할리우드도 한국도 배우는 많지만, 정말 자주 쓰이는 배우는 한정되어 있음을 다시 한번 느낀다.

여주인공 어머니, 올림픽 대표팀 코치, 연쇄살인마.

이런 이미지를 놓고, 떠오르는 배우를 묻는다면, 아마 다수의 사람들이 비슷한 배우 한 명씩을 떠올릴 거다.

우리는 이를 '믿고 보는 배우'라고 부르지만. 정작 본인들은 '고착된 이미지'에 스트레스를 받을지도 모른다. 폴처럼.

"매번 비슷한 영화만 들어오는데, 저도 로맨스 하고 싶다고요. 그런데 안 들어와요. 이 근육으로 강하게 껴안아줄 수 있는데 말이야. 하하!"

폴은 제법 귀여운 구석이 있는 근육 덩어리다.

"리벤지 아메리카 촬영 분위기는 어떤가요?"

일종의, 적지 분위기는 어떤지 확인하는 정찰.

"좋아요, 좋아요."

폴은 가볍게 대답하면서도 잠시 입을 다물더니, 한마디 툭 던졌다.

"좋아요…… 좋은데, 레오가 조금 예민하게 굴었죠. 아마 재희와 출연했던 그 쇼 때문이지 않을까 싶기는 해요."

"……무슨 일이라도 있나요?"

"네. 제 촬영이 모두 끝나고 난 뒤에 가진 술자리에서 제가 말했거든요. 다음 주부터 호주에 와서 알카트라즈에 출연할 예정이라고, 이 영화 주연 배우가 재희라고."

"……."

"그러니까 저한테 묻더라고요. 자기도 대본 읽어볼 수 있겠느냐고."

응? 알카트라즈 대본을 읽고 싶어 했다고?

"그래서요?"

"박 감독과 하이마운트에게 물어봤죠. 보여줘도 된다고 하기에 보여줬어요. 그게 끝이에요. 뭐, 별일 있겠어요."

폴은 여유롭게 웃었다.

"두 영화 개봉 시기가 비슷할 것 같은데. 극장에 제 얼굴이 잔뜩 걸리겠군요. 아무나 이겼으면 좋겠네요. 하하!"

"……"

폴은 그렇지만. 나와 레오 두 사람에게는 어마어마한 자존심이 걸려 있는 싸움이다. 그렇게 쉽게 생각하지 말라고.

그나저나, 대본을 보고 싶어 했다고? 왜지? 내가 무슨 영화를 찍는지, 단순히 궁금하다는 건가?

나는 너무 궁금했지만, 이 궁금함을 속으로 삼켰다. 굳이 속으로 끙끙거리며 궁금해할 필요도 없었다.

왜냐고.

"도 배우님."

박진우 연출이 제 발로 나를 찾아왔으니까. 레오의 문제를 가지고.

첫날 오전 촬영이 끝났다. 점심시간. 식사는 뭍에서 추진해서 온 밥차를 통해 세트에서 배식을 했다. 나와 박진우 연출은 식사를 담아 내 캠핑 트레일러로 들어왔다.

"상의드릴 것이 있습니다."

"무슨 일인가요?"

"그게…… 어젯밤 레오파드 비트리오 측 에이전트가 하이마운트에 문의했다고 합니다."

"무슨 문의요?"

"레오파드 쪽에서, 배우 본인이 이 영화에 참여하고 싶다고 말했다더군요. 특별출연으로."

"……."

설마, 했던 우려가 현실로 일어났다. 대본을 보고 '이 영화 재미있네? 나도 하고 싶어!' 이런 순수한 호의로 접근하는 것은 아닐 것이다. 이를 잘 알기에 박진우 연출도 내게 상의를 하려는 것이다.

"하이마운트 측에서는, 좋아하고 있어요. 레오가 참여하는 순간, 이슈가 될 테니까요. 물론, 결정은 제가 하지만."

"리벤지 아메리카는요?"

레오 역시, 본인 주연의 영화를 현재 촬영 중에 있다. 〈리벤지 아메리카〉 쪽이 몇 주 더 빠르긴 하지만, 엄밀히 말해 우리와 촬영 일자가 거의 겹친다.

LA에서 뉴욕으로 날아가도 모자를 시간에 호주와 미국을 오가며 촬영을 한다? 말이 안 된다.

그런데, 더 뻔뻔하게 나왔다.

"레오가 자신의 스케줄에 맞춰달라고 요구했다더군요. 미국에서 촬영을 마치고 곧바로 호주로 넘어오겠다고 합니다."

"……."

스케줄을 맞춰달라고? 그게 말인가?

"스케줄에는 지장이 없나요?"

"계획되어 있는 순서를 조금 바꾸면 되긴 합니다. 레오가 약속한 날짜에 오기만 한다면."

"……."

그때, 조용히 듣고만 있던 김민희 PD님이 말씀하셨다.

"뻔히 알잖아요? 왜 오려는지? 만약 몸이 좋지 않다는 핑계로 의도적으로 촬영에 불참하기라도 한다면?"

"……."

그 역시 프로기 때문에 아마도 그럴 일은 없겠지만, 작정하고 호주행 비행기에 타지 않는다면 스케줄 손해를 보는 것은 우리다. 리스크가 너무 크다.

급하게 배우를 찾아야 하고, 어쩌면 늦을지도 모른다.

"설마, 그러겠어? 업계에 소문 금세 퍼질 텐데."

"……."

그래. 의심만 해볼 뿐이지, 아마 그럴 일은 없을 것이다.

그는 그 정도 싸구려는 아니니까.

하지만 나는 대답을 아꼈다. 의도가 이해가 되질 않는다.

대체 이유가 뭘까? 왜 같은 작품에 출연하겠다는 걸까?

아무리 생각해 봐도 떠오르는 이유는 딱 한 가지.

'정면 승부'.

나는 일전에 한국에서 있었던 일을 떠올렸다.

'임강백'. 영화 <피서>가 손익분기점 돌파에 실패하자, 러닝 개런티로 계약했던 임강백은 제 몫의 개런티를 제대로 챙겨 받지 못했다. 그 와중에 <피서> 팀 중 유일하게도 독보적 성공을 거둔, 내게 화풀이를 했고. 내 도발에 분개한 임강백은 내게 <삭제>라는 영화의 특별출연을 제안하며 한바탕 싸웠었지.

같은 작품에서 실컷 만나는 것. 그때와 비슷한 상황이다. 달라진 점은 그 상대가 임강백과는 비교할 수 없는 대단한 연기파 배우라는 점과 여기가 내 홈그라운드라는 점.

"도 배우님."

"……아, 네."

"도 배우님이 불편하시다면, 거절할 수도 있습니다."

박진우 연출이 내게 제일 먼저 이 말을 꺼낸 이유는 나를 존중하기 때문이다. <게라드 쇼>에서 공개적으로 도발을 한 사실을 잘 알고 있으니까.

"감독님 생각은 어떠신데요?"

"제 생각은 중요하지 않습니다. 도 배우님 의견이 제게는 더 중요합니다."

아, 이런 착한 사람 같으니라고. 감독님 입장에서는, 더군다

나 할리우드에 정식으로 데뷔할 감독으로서는 충분히 탐낼만한 배우다. 그가 출연했다는 사실만으로도, 인정받는 부분이 있을 테니까. 그런데도 내 의견이 더 중요하다고 말하고 있다.

"……레오가 무슨 배역을 원하나요?"

"교도소장2요."

"……."

영화 〈알카트라즈〉에는 교도소장이 총 2명 등장한다. 교도소장1은, 극 초반에 죄수들에게 살해당하게 된다. 그러면서 새롭게 부임하는 사람이 바로, 교도소장2.

촬영 분량은 몇 회차 없지만, 능글능글하면서도 카리스마 있는 연기를 요구한다. 우습게도, 캐릭터만 보자면, 레오에게는 제격이다. 아마 자신에게 적격인 것을 알고 본인 역시 인지한 상태로 의도적으로 이 역할을 골랐을 것이다.

하지만 그가 소화하기엔 역할이 너무 작다. 거절할 수 없는 미끼를 던지는 거다. 그리고 이 미끼는, 나 역시 거절하기 힘들었다.

"원래 예정되어 있던 배우는요?"

"저희 영화에서 하차하는 대신, 리벤지 아메리카에 캐스팅하겠다더군요."

"……."

캐스팅까지 제 마음대로 쥐락펴락하는 톱스타. 이 모든 리

스크를 책임지려 하는 듯 보이지만, 그 속내는 시커멓다는 것을 누가 모르겠는가.

그런 그가, 호주에 오려고 한다. 나와 싸우기 위해서.

나는 피식 웃으며, 던지듯 말했다.

"좋아요."

"네?"

"레오, 섭외하시죠. 저도 궁금하던 참입니다."

"……정말 괜찮으시겠어요?"

이 자는 임강백 같은 하수도 아니고, 조승희처럼 내게 우호적이지도 않다. 하지만, 나는 단호하게 말했다.

"네."

마치, 최종 보스 하나만을 남겨둔, 용사가 된 기분이군, 아니, 할리우드 입장에서는 어쩌면, 내가 마왕일지도 모르겠다는 생각이 든다.

하지만 그게 중요할까. 마왕이라도 좋다.

"언젠가는 넘어야 할 산입니다."

넘을 수만 있다면.

첫날 촬영은, 그렇게 어영부영 끝이 났다. '레오파드 비트리오'가 섭외될지도 모른다는 사실은 발표하지 않았지만, 이미 알 사람은 다 아는 공공연한 비밀이 되었다.

"들었어? 레오파드 그 양반, 알카트라즈에 섭외 요청했다는 거?"

"알고 있어요."

"아, 정말? 역시, 감독님이 말씀해 주셨구나?"

재익이 형까지 어디선가 주워들어 내게 물었으니, 현장의 거의 모든 크루들이 다 안다고 봐도 무방하리라.

"성격 참 이상하네. 적진에 직접 찾아와서 감시라도 하겠다는 거야 뭐야. 그 양반, 무슨 생각이야 도대체?"

재익이 형의 투덜거림에 영미 씨가 맞장구쳤다.

"결투 신청? 그런 건가 보죠. 으의! 여기가 한국이었으면 오빠한테 찍소리도 못했을 텐데."

"오, 영미 씨. 오랜만에 나랑 의견이 좀 맞는데? 그런데 어쩌겠어. 할리우드에 왔으니, 할리우드 법을 따라야지."

"그러니까요. 완전 재수 없어요. 지가 여기 오면, 왕이라도 될 수 있는 줄 아나 보지? 오빠! 확 눌러 버려요."

"……그렇네요."

나는 영미 씨의 말에 고개를 끄덕였다.

"네?"

"고마워요. 영미 씨."

〈리벤지 아메리카〉 영화 현장 전체를 휘어잡는 카리스마

넘치는 배우가, 할리우드에서는 '무명'이나 다름없는 박진우 연출의 말을 잘 들을까? 아니, 아닐 것이다. 영미 씨 말마따나, 그는 절대 왕이 되지 못할 것이다. 오히려 적진에 들어오는 꼴 밖에 되질 않는다.

알싸하게 퍼져 있던 불안감들이 모두 사라졌다.

"뭐가 고마운데요?"

"그냥요. 힘이 나네요."

나는, 오히려 재밌겠다는 생각을 했다. 왕이 될 줄 알고 쳐들어왔지만, 실상은 미운오리새끼. 〈청춘열차〉의 송문교 같은 꼴이나 나지 않기를.

"싱겁기는, 그래서 기분도 꿀꿀한데 맥주 어때요?"

"좋죠."

나는 숙소 침대에 앉아 맥주 캔을 따 꿀꺽꿀꺽 들이켰다.

적지에 맨몸으로 쳐들어오는, 레오를 위해 건배.

영화 촬영이 시작한 지도 벌써 1달 반이 흘렀다. 7월의 호주는 적당히 쌀쌀한 초겨울 날씨다. 그만큼 촬영하기에 좋은 날씨기도 하다.

"일하기 참 좋은 날씨다."

재익이 형의 말에 나는 담배 생각을 간절하게 느꼈다. 내가 맡은 배역이 담배를 피우다 보니, 반쯤 끊었던 담배가 자꾸 아른거린다.

역한 담배 찌든 냄새가 가득한 이곳, 알카트라즈.

영화는 전체적으로 어두운 색채로 진행된다. 희망이라고는 보이지 않는 회색빛 작은 섬에서 펼쳐지는 추악한 인간군상을 아주 적나라하게 보여준다.

죽어 마땅한 악인들이 모인 작은 사회. 악인은 비단 죄수만이 아니다. 이 사회를 운영하는 교도소장과 간수들 역시 똑같은 인간들. 죄수를 대상으로 비인간적인 실험이 자행되고, 살인을 묵인하는 곳. 폐쇄된 공간에서 왕처럼 군림하는 인간들의 위험성. 인간이 얼마나 더 추악해질 수 있는지를 시사하며, 우리에게 경고한다.

상급자를 암살하라는 대령의 뜨악한 비밀 명령을 거부한 나는, 갖가지 이유로 강제 퇴역당하게 된다. 퇴역 후 숨죽여 살기를 3개월. 그사이, 부대는 내게 명령한 사실조차 지워 버리기 위해 기밀을 훔쳐 달아났다는 오명을 뒤집어씌운다.

죄목은 '테러리스트'. 국가 전복을 꾀했다는 말 같지도 않은 죄명을 갖다 붙였다. 필사적으로 도망쳤지만, 결국 군경들에게 붙잡혀 들어오게 된, '알카트라즈'.

들어오자마자 폭력과 구타가 이어지지만 나는 이를 악물고 버텨낸다. 흔한 신음 한 번 흘리지 않는 내게 붙은 별명은 '독종'이지만. 이것조차 못마땅하게 여기는 거구 '폴'의 폭력의 강도는 점점 거세진다.

선택해야 할 상황이 왔다. 계속 참아야 할 것이냐. 이 상황을 타개할 방법을 찾아야 할 것이냐.

고민이 따를 수밖에 없었고, 나는 후자를 선택했다.

'탈옥'. 하지만, 쉽지가 않다.

얼핏 보기에 아주 작은 자유도시처럼 느껴지는 이 감옥을 빠져나갈 방법은 없다. 철통같은 경비를 뚫고 정문으로 빠져나가거나, 60m가 넘는 담벼락을 맨몸으로 넘어야 한다.

설사 벽을 넘는다고 쳐도 문제다. 섬의 사면이 바다로 이루어져 있다. 헤엄쳐서 달아날 수 있는 규모가 아니다.

이런 곳에서 어떻게 탈출할 수 있겠는가.

영화의 초반은 이런 극악한 환경에 처하게 된 주인공이 현실에 순응하는 척하며, 몇몇 죄수들과 손을 잡고 영리하면서도 과격하게 알카트라즈에 적응해 나가는 모습을 그렸다.

조금씩 세를 불리며, 알카트라즈 권력의 정점인 '교도소장'과 직통으로 통하는 핫라인을 개설하고, 교도소장에게 신임을 받으며 암묵적인 권력을 손에 쥐게 된다. 거구의 행동대장인 '폴' 패거리와 식당에서 패싸움을 벌여, 폴까지 쓰러뜨리며 '알카트라즈' 안에서 명실상부 실세로 거듭나기도 한다.

어느 날에는 교도소장이 주인공 이신을 불러, '폴'이 하던 역할을 맡겼다.

"이신. 군인 출신이라고? 그럼, 앞으로 저 뇌까지 근육으로 만들어진 근육 덩어리 대신, 네가 신입 쓰레기들 교육을 담당하라고."

폴 대신, 알카트라즈의 중심이 된 것. 이대로 신임을 계속 얻는다면 이 지옥 같은 곳을 빠져나갈 수 있는 타이밍을 잴 수 있을지도 모른다.

하지만, 이런 나날도 잠시. '위기'가 찾아온다.

죄수들 사이에서 반란이 일어난 것.

[#79. 친한 간수의 열쇠를 훔쳐 목 졸라 죽인 폴은 늦은 밤 감옥을 빠져나와 알카트라즈 복도를 활보한다. 잠겨 있는 철창의 문을 모조리 열고, 죄수들은 포효하며 뛰쳐나온다. 이를 발견한 간수의 총성이 알카트라즈 전체에 울렸다.]

[#80. 죄수들은 불나방처럼 간수들에게 달려들었다. 이 반란의 선두에는 교도소장에게 버림받은 '폴'이 있었고, 그는 감옥을 나가는 것이 목적이 아닌 듯 보였다. 폴의 목적은 오직 하나. 교도소장을 죽이는 것.]

[#82. "큰일이다. 교도소장은, 절대 죽으면 안 된다."]

"오늘, 이 씬만 찍으면 끝입니다. 자! 다들 힘냅시다!"

알카트라즈 1차 반란. 가장 화려하고 위험천만한 액션이 예정되어 있는 장면으로 촬영 날짜는 바로, 오늘이다.

폴과 교도소장1의 촬영이 끝나는 마지막 날이자, 레오가 LA에서 호주로 도착하기로 약속 한 날.

"정말 오늘 오겠지?"

"오늘 안 오면, 큰일이죠."

교도소장1이 오늘 죽고, 내일부터 교도소장2가 촬영에 필요한 상황이다. 오늘, 만약 레오가 포트스티븐즈에 도착하지 않으면 내일 하루를 통으로 날리게 된다.

나는 김민희 PD님에게 물었다.

"레오 쪽에서 아직 연락은 없나요?"

"네. 아직."

……오지 않을 생각인가.

김민희 PD님은 걱정하지 말라는 투로 말했다.

"오겠죠. 연락은 없지만."

"……."

"도 배우님은 우선, 촬영에만 집중하세요. 이런 문제는 저희가 알아서 할게요."

"아, 네."

나는 본격적인 촬영 준비에 앞서 액션 리허설을 진행했다.

내 운동을 매일 점검해준 태국 출신의 무술코치 자이라 첸이 사람들 사이에서 동선을 짜고 있었고, 나는 내가 움직일 동선을 확인했다.

"저를 따라 똑같이 하시면 됩니다."

직선으로 달려가 둔덕 하나를 손으로 짚으며 허들을 넘듯 빠르게 장애물을 통과하고 구석에 놓인 폐드럼통을 밟고 맞은 편 벽으로 점프. 벽 두 개를 번갈아 가며 뛰고 2층 창문으로 들어선다.

"이렇게요?"

"아, 훌륭해요."

액션 장면을 촬영할 때는 카메라 리허설이 무엇보다 중요하다. 동선과 카메라 워크가 꼬여 버리면 정작 찍어야 할 알맹이를 못 찍는 경우가 생기기 때문이다. 나는 수차례의 리허설을 통해 완벽한 타이밍을 찾아내었고, 촬영에 들어갈 수 있었다.

"롱테이크(테이크를 길게 하나로 찍어 이용하는 기법)로 갈게요. 지금 쓰일 장면은 편집 없이 통으로 쓰일 장면이니까, NG 없이 갑시다."

촬영감독의 신신당부에 내가 고개를 끄덕였다.

그래. 나도 그러고 싶다. 액션 연기는 정말, 힘들거든.

액션에도 이유가 있다.

내가 지금 계속해서 뛰고.

"헥, 헥."

숨이 턱 끝까지 차오를 만큼 힘들어도 이 뜀박질을 멈출 수 없는 이유.

"헉…… 허억."

이 '이유'를 온몸으로 뿜어내야 한다.

액션 연기가 어려운 이유가 바로 이것 때문이다. 몸은 뛰고 있으면서, 눈빛으로는 관객들에게 말해야 한다.

내면 연기와 동시에 외면 연기를 하는 거지. 이렇게 내면과 외면이 적절하게 만나면, 배우에겐 관객과 직접 대화할 수 있는 '설득력'이 부여된다. 이 설득력을 끝까지 유지해야 한다.

그리고, 내가 연기하는 배역 '이신'이 속으로 외쳤다.

'교도소장을 지키고, 폴을 막아야만 한다.'

'그가 죽어서는 안 된다.'

'그가 죽어버리면, 내가 이곳에서 '인간성'을 저버리면서까지 얻었던, 모든 권력이 사라져 버리니까!'

그러면서도 동시에 배역이 느끼는 이 혼란.

'차라리 이 혼란을 틈타, 달아날까. 어떻게? 헤엄쳐서? 100리 바다를 부표처럼 떠돌아다니다, 상어 밥이 될까?'

그걸 눈빛 하나로 표출해야 한다.

'지금은 탈출할 때가 아니다.'

나는 와이어 하나에 몸을 의지한 채 죽어라 뛰었다. 높은 곳에서 뛰어내리고, 낙법을 이용해 착지하고. 흙바닥에 온몸을 뒹굴면서도 멈추지 않았다. 정확한 타이밍에 특수효과팀의 폭약이 내 곁에서 터졌고, 나는 와이어에 매달린 채 허공을 날아 벽에 부딪혔다. 머리에서 피가 흥건하게 흘렀고, 피가 눈가를 적셨다.

"어? 저 자식!"

그때, 평소 내게 '열등감'을 가지던 폴의 부하들이 내게 다가왔다.

"너 잘 만났다."

나는 지체 없이 몸을 날려 놈들을 때려눕혔다.

약속된 동선, 약속된 액션. 서툰 감정은 없었다. 액션은 생각을 많이 하는 순간, 곧바로 사고로 이어진다.

콰과과과광!

거대한 폭발음에, 나는 창문을 이용해 고개를 위로 들었다. 알카트라즈 최정상에서 폭발이 있었고, 폭발한 건물 내벽의 잔해가 아래로 우수수 떨어졌다.

나는 기세를 몰아 최정상을 향해 내달렸다.

작은 핼리캠 하나가 알카트라즈 머리 위 상공에서 나를 내

려찍고 있었다. 핼리캠이 알카트라즈 상공을 시계방향으로 회전하듯 돌았다. 곳곳에서 치솟는 불길. 비상사태를 알리는 사이렌 소리. 죽음을 향해 달려가는 비명 소리. 밤을 쩌렁쩌렁 깨우는 총성. 이 모든 것들이 마치, 하나로 합쳐지며 거대한 합창이라도 하는 듯했다.

그렇게 도착한 알카트라즈 최정상, 교도소장실. 나는, 불길이 바닥을 집어삼킨 교도소장실 앞에서 그대로 멈춰섰다.

"안 돼!"

그곳에는 피떡이 된 교도소장의 멱살을 움켜쥐고 있는 폴이 있었다. 폴은 나를 보며, 아주 사악하게 웃었다.

"왔냐?"

아주 작은 목소리로 나를 향해 중얼거리고는, 교도소장을 한 손으로 들어 그대로 창문 밖으로 던져 버렸다.

"……아, 안 돼."

황급히 창밖으로 머리를 내밀었다. 바닥에는 참혹한 상태로 찌그러진 고깃덩어리가 전부다.

내가 이 감옥을 나갈 수 있는 유일한 희망이…… 죽어버렸다.

"……"

이 상황에서 난 뭘 할 수 있을까.

폴이 나를 향해 소리쳤다.

"저 자식을 잡아!"

도망가는 것뿐.

"꺄하!"

"……!"

이 짧은 모습이 마치 귀신처럼 느껴졌다.

선두에서 달려오는 놈 하나의 얼굴에 주먹을 밀어 넣었다.

파앙!

경쾌한 타격음과 동시에 나는 뒤로 물러났다.

하지만 그곳에도, 폴의 부하들이 잔뜩 있었다.

이 상태로 가만히 있다간, 죽을 것이다.

도망갈 곳이라고는 창문 밖이 전부.

"크흐흐, 도망갈 곳이 없나 보지?"

"……."

악당1의 대사 한 줄이 내 폐부를 찌른다.

"내일 나는 죽겠지만, 오늘 넌 내가 반드시 죽인다."

……죽인다니. 섬뜩한 폴의 대사에 나는 멋쩍게 웃으며, 별수 없이 창밖으로 몸을 던졌다.

"저, 저런!"

"죽고 싶어서 아주……."

폴의 욕지거리가 뒤에서 들려왔고, 나는 60m가 넘는 높이에서 360도 빙그르르 돌며, 수직 낙하했다. 다이빙 점수가 있다면, 10점 만점을 줄 완벽한 자세로.

아무런 생각 없이 자살하고자 한 행동은 아니다. 난, 이곳에 있는 동안 매일매일 탈옥을 계획했으니까.

감시탑과 연결된 전신주의 전깃줄을 붙잡고, 바닥에 미끄러지듯 착지했다. 그리고 손바닥을 홀홀 털어냈다.

"후."

알카트라즈 최정상에서는 머리를 내민 채, 이런 나를 향해 입을 쩍 벌리는 폴 일당이 있었다.

"저 똥물에 튀겨 죽여 버릴 자식을 당장 잡아!"

폴이 바락바락 소리 질러, 흩어져 있던 부하들을 모으기 시작했다.

안심하긴 이르다. 족쇄가 풀린 죄수들이 몇 달 만에 노략질을 일삼는 해적들처럼 신나게 알카트라즈 곳곳에 흩어져 있으니까. 간수들의 총을 빼앗아, 이 섬의 주인 행세를 하고 있으니까.

하지만 오래 걸리지는 않을 것이다. 곧, 뭍에 있는 세계정부의 군인들이 몰려오겠지. 그리고 저들은 총살될 것이다.

나는 긴 고민 없이 몸을 날렸다. 우선은 도망쳐야 한다.

나는 숨을 헐떡이며 절벽으로 달려가 바다로 몸을 던졌다.

바다를 건널 수는 없다. 하지만 바닷속에서 간수보다 더 무서운 죄수들의 눈을 피해 숨어 있어야 한다.

얼마나 시간이 흘렀을까. 몸의 체온이 점점 내려가는 것을 느낄 무렵 '알카트라즈'를 휘감은 피의 새벽이 끝나가고 있었다. 총성은 점점 줄어들었고, 저 멀리서 까만 바닷가에서 환한 라이트가 번뜩였다.

뒤이어 들리는 육중한 소리. 배였다. 거대한 배 한 척이 부두에 정박했고, 군인들이 일제히 알카트라즈로 몰려 들어갔다. 총성이 빗발쳤다.

나는 입고 있던 옷을 벗어 던지고, 두 팔을 번쩍 들어 올린 상태로 부둣가를 향해 걸어갔다.

항복, 나는 적이 아니라는, 명백한 항복의 표시.

거대한 라이트 하나가 나를 비추었다.

눈을 강하게 찌르는, 거대한 전조등이었다. 반란은 끝났다.

[# 90. 교도소장1은 결국 '폴'에게 맞아 죽었다. 형체조차 알아볼 수 없을 정도로 얼굴이 피떡이 된 채 알카트라즈 잔디밭에 버려져 시체로 발견된다.]

[# 91. 교도소장1이 죽고, 군인들이 알카트라즈를 점거했다. 반란을 주도했던 모든 이들이 총살당했고, 간수들이 가지는 '권한'이 대폭 강화되었다. 그리고, 새로운 교도소장2가 부임했다.]

내 눈을 찌르는 거대한 라이트 뒤로, 한 남자가 까만 실루엣을 걷어내며 등장했다.

[# 92. 그는, 뭍에서 근무하는 해양안전팀 공무원 출신으로 새롭게 알카트라즈의 주인이 되었다. 새 교도소장2, 내 탈출의 운명을 쥐고 있는 남자였다. 그의 이름은.]

영화와 현실이 디졸브 된다.

"……레오."

"컷! 오케이!"

내 눈을 찌르던 조명팀의 LED 라이트가 꺼졌다.

"수고하셨습니다!"

촬영이 끝나고, 내 주변의 스탭들이 썰물처럼 빠지자 사람들 뒤에 숨어 있던 남자의 얼굴이 자세히 보였다.

레오였다. 레오파드 비트리오. 그가 왔다.

"……으음, 서두른다고 서둘렀는데. 늦진 않았겠죠?"

아주 능청스럽게 웃으면서.

그는, 미소조차 교도소장2 그 자체였다.

··· 2장 ···

게임 한번 할까?

레오의 첫 세트장 방문. 꽤 극적인 순간에 등장했다. 일단, 현장에 도착했다는 안도감은 들지만, 반가운 인상은 아니다.

"어서 오세요, 레오파드."

박진우 연출이 앞으로 나와 레오에게 손을 내밀었다.

"저는 감독 박진우라고 합니다."

"아아, 그렇군요."

"……."

'그렇군요.'

　이게 전부다. 이름도, 나이도, 식사 여부도, 촬영에 대한 그 어떤 질문도 하지 않았다. 레오는 박진우 연출의 손을 맞잡았지만, 감독님께 눈길 한번 제대로 주지 않았고. 오히려, 자신과 구면인 할리우드 출신의 촬영감독, 조명감독, 배우들과 웃으며 인사를 나누었다.

"오! 폴!"

"레오, 왔군요."

"이럴 수가! 제임스 딘 감독님도 계셨군요. 은퇴하신 줄 알았는데."

"은퇴는 무슨. 아직 팔팔한데? 레오파드가 갓 데뷔했을 때가 생각나는군. 카메라 앵글도 모르던 코흘리개 꼬마 얘기, 여기 사람들에게 들려줄까?"

"이런, 감독님 입담은 못 이기겠군요. 제가 졌습니다."

"으하하! 앞으로 잘 부탁해."

등장부터 기 싸움에 들어간 것이다.

하지만 나는 마치, 자신의 인맥을 내게 과시하는 것 같은 느낌을 받았다. 대놓고 면박을 당한 박진우 연출은, 기분 나쁜 기색이라곤 전혀 없이 나를 바라보고는, 괜찮다는 미소를 지어 보였다.

오히려, 내가 더 기분이 나쁠 정도.

내가 주먹을 살짝 말아쥐자, 재익이 형이 이를 눈치채고 내 팔을 붙잡았다.

"일단, 넘어가자."

"……가관이네요."

스탭들이 오늘의 촬영을 마치고 철수 준비를 하는 동안, 레오는 내게 눈길 한번 주지 않았다.

"레오, 늦는 줄 알았어요."

"깜짝 놀라게 해주고 싶었지. 놀랬나?"

"그럼요. 마지막 촬영 때 기가 막히게 도착하시다니. 하하! 리벤지 아메리카 촬영은 다 끝나신 건가요?"

"웅. 사흘 전에. 덕분에 피곤해 죽을 것 같다고."

할리우드 배우들 옆에 딱 달라붙어, 연신 낄낄거렸다. 마치, 엄마 아빠에게 삐진 아이가 형과 누나하고만 이야기하듯. 그러면서도, 은근슬쩍 나를 바라보는 것이 내가 먼저 인사해 주길 원하는 듯 보였다.

그래. 전형적인 어린아이. 자, 이미 한국에서도 경험한 바 있지 않은가. 주연에게는, 그에 어울리는 '품격'이 있어야 하고, 동료 배우들을 이끌어갈 '포용력'이 있다는 것을.

어린아이와 쓸데없이 심력 소모할 필요는 없다.

나는 레오에게 다가가 인사했다.

"또 뵙네요, 레오."

그와 두 번째 만남. 카메라는 없다. 그렇기에 다분히 공격적인 언사를 예상하기도 했는데, 의외로 레오의 입에서는 멀쩡한 인사가 튀어나왔다.

"오랜만이군. 게라드 쇼 이후, 삼 개월 만인가?"

"……뭐, 대충요."

"그렇군. 그때는 내가 자네를 잘 몰랐어. 그런데 알고 보니 생각보다는 훨씬 더 유명하더라고?"

"……."

"차세대 스타를 못 알아봤다니, 이것 참. 미안하군."

하지만 그는 전혀 미안한 얼굴이 아니었다.

오히려.

"그래서 저번 일도 있고 해서, 도와주려고 왔어. 할리우드에서 얼굴 팔이 하려면, 제대로 해야지. 선배 도움도 좀 받고. 안 그래?"

요새 좀 뜨고 있는 '후배'에게 내가 도움 좀 주겠다는 식의 말 같지도 않은 핑계까지. 너저분하다. 할리우드 입성 이후, 계속 관리하고 있던 이미지가 조금씩 금가기 시작한다.

내가 싸늘하게 분위기를 바꾸었다.

"뭐, '굳이' 그러실 필요는 없는데."

값싼 동정은 필요 없다고.

"……."

그러자 레오의 얼굴이 똑같이 싸늘하게 굳어졌다.

나는, 분위기를 풀어내려 대신 활짝 웃으며 말했다.

"근데, 감독님께 인사는 하셨습니까?"

"……."

"안 하셨군요. 어쩐지. 박 감독님!"

내가 난데없이 박진우 연출을 불러내자 레오의 낯빛이 급격히 어두워졌다.

"이봐, 지금 뭐 하는……."

"레오가 아까 경황이 없어서 인사를 제대로 못 해서 인사하고 싶다고 하더군요. 이리 오셔서 인사 나누세요."

"아! 그렇습니까!"

"……."

레오는 무시무시한 눈으로 나를 쏘아봤지만, 박진우 연출이 다가오자, 레오는 눈빛을 거두고 박진우 연출과 손을 제대로 맞잡았다.

"초대해 주셔서 감사합니다."

"함께 작업하게 되어 영광입니다."

그러곤 나를 힐끔 그렸지만, 나는 깔끔하게 웃는 얼굴로 무시해 주었다.

눈에서 레이저 나오겠어요.

"하하! 남은 인사는 섬을 빠져나간 뒤에 하시죠. 파티가 준비되어 있습니다."

"네?"

촬영의 분기점 이상 넘어간 오늘. 영화 〈알카트라즈〉팀의 단체 파티가 잡혀 있다.

근육질 배우 폴의 촬영 종료, 그리고 레오파드의 촬영 시작. 이를 기념하는 파티.

"……음, 그거 저도 함께하는 겁니까?"

"네."

당연히 너도 함께지요.

할리우드 스타들의 파티를 기대했다면 오산이다. 한국 영화 팀들의 '파티'라 함은, 역시 지글지글 구운 삼겹살에 소주가 딱! 이지

오늘을 위해 준비한 〈알카트라즈〉 팀의 특별한 회식. 호텔 야외 가든에 숯불을 피워놓고 삼겹살을 구웠다.

지글지글.

고기 익는 소리에 맞춰 타이밍 좋게 김치, 콩나물, 버섯을 함께 올렸다. 편한 옷으로 갈아입고 가든으로 나온 레오는 이게 무슨 일인가 싶어 입을 쩍 벌렸다.

"……오, 이게 대체."

'파티'라는 단어에 우아하게 레드와인에 연어 샐러드나 곁들여 먹을 줄 알았나 본데. 예상했던 것이 아니라 미안하지만, 이게 바로 한국식 파티지.

"혹시 술은 못 하십니까?"

내 질문에 레오는 어깨를 으쓱였다.

"그럴 리가."

"한 잔 받으세요. 소주는 드셔보셨습니까?"

"소주?"

"한국에서는 술을 권하는 문화가 있지만, 미국은 아니지요. 드시지 않으셔도 괜찮습니다."

레오는 처음 본다는 듯, 눈을 게슴츠레하게 뜬 것도 잠시. 별것 아니라는 듯, 당당하게 잔을 들어 올렸다.

"먹어보면 알겠지."

쪼르륵.

우리는 서로 잔을 채워 목으로 털어 넣었다. 나는 레오에게 건넨 술잔을, 일종의 '프로페셔널'이라고 생각했다.

공과 사는 구분하자는 의미.

하지만, 레오는 아닌 듯 보였다.

"퉤."

술잔을 채 넘기지도 않고 물티슈에 뱉어버린 레오는 불쾌하다는 얼굴로 인상을 찡그렸다. 그리고 물을 마셨다.

그가 이 현장에 온 것은, 철저하게 사적인 이유다.

영화가 좋은 것은 핑계고, 내가 궁금했던 것이다.

"냄새가 역하군."

"……."

나는 이 남자를 잘 모르지만 한 가지 확실한 것은 우리 둘은 서로가, 서로를 계속해서 의식하고 있다는 것. 사소한 것 하나까지도 지지 않기 위해 칼을 바짝 갈아놓고 기다린다는 것. 틈만 보이면 찌르기 위해, 손에 바늘을 들고 있으며 살짝 방심하는 순간.

"아, 참. 얼마 전에 칸에 노미네이트 되었다는 오웬 감독 영화를 보고 왔는데."

"재희가 출연했던 거? 어땠어? 재미있었나?"

"음, 영화는 그저 그렇더군. 감독이 수상에 실패한 이유가 보인다고 할까. 감이 떨어졌어."

"……"

찌른다. 계속해서 찌른다. 아플 때까지 계속 찌른다. 타깃은 나뿐만은 아니다.

"그럼, 나는 내일부터 촬영하는 건가?"

"아, 네. 맞습니다."

"이런, 도착해서 하루 정도는 쉬게 될 줄 알았는데…… 저 멀리 LA에서 왔는데, 이 현장은 배려 하나가 없군. 폴, 여기 원래 이런가?"

"어, 어?"

"아니면, 한국 스타일인가?"

"……"

박진우 연출 들으라는 식으로 말을 던진다.

싸하다. 분위기가 삽시간에 얼어붙자.

"후후, 농담이야. 감독이 찍자면 찍어야지."

재미도 없는 농담을 하며, 혼자 웃어버린다.

의도적으로 상대방을 면박 주기 위해 던지는 말들. 이런 종류의 멘트는 주변을 얼어붙게 만든다. 나를 포함해서, 여기 모여 있는 사람들이 이 사실을 모를 리가 없다.

'이 분위기 뭐야.'

'말이 너무 심하잖아.'

모두가 똑같은 표정을 짓고 있으니까.

그러면서도 일부러 하는 것이다.

"아, 하하…… 그것참 재미있군."

"……레오 농담이 늘었군."

그 누구도, 자신에게 쓴소리하지 못할 것을 아니까. 그게 권력이니까.

권력을 쥐고 있는 사람이, 자신의 '말 한마디'를 어떻게 무기로 쓰는지 알고 있는 사람이다. 이렇게, '노골적으로' 현장 분위기를 쥐고 있는 사람은, 네가 아니라 나라는 것을 세뇌하는 것이다.

까불지 말라고. 내가 너보다 높다고. 아주 은근하게.

이걸 잘 이용하면, 나나 박진우 연출이 자신에게 자청하여 고개 숙이리라고 생각할 것이다.

"분위기 왜 이래? 다들 자는 건가?"

의도적으로 어깨를 으쓱이며 과장되게 취하는 제스처. 주변 공기가 차가워진다. 레오의 바늘이 날아가 주변 사람들의 목젖을 찔러 숨도 못 쉬게 만들어 버렸으니까.

뻔뻔하기도 하지.

"흠흠. 먼저 일어나지."

촬영감독이 불편함을 느꼈는지, 자리를 박차고 일어났다.

"나도."

"음, 저도요."

"내일 뵙겠습니다."

스탭들이 하나둘씩 자리를 일어나자, 레오가 물잔을 들어올려 입가에 댔다. 사람들은 보지 못했겠지만, 바로 옆자리에 앉아 있는 내게는 보인다.

웃고 있었다.

박진우 연출은, 당황스러운 얼굴로 얼굴을 붉히고 있었다.

나는 순간 끓어오르는 화를 참기 힘들었다.

박진우 감독이 얼마나 많이 참아야 하지? 자기를 위해 준비한 이 '환영파티'가 그렇게 우습게 느껴지나?

소주잔을 바닥에 쪼르르 따라버리며, 큰 소리로 말했다.

"감독님!"

"에, 예?"

박진우 연출이 조금 낯선 얼굴로 나를 바라보았다. 자리에서 일어난 다른 사람들도 모두 우리 쪽을 바라보고 있다.

"저 술 한 잔만 주십시오."

"……아, 네."

박진우 연출이 내 잔에 소주를 따랐고, 나는 아무 일도 없다는 얼굴로 물었다.

"감독님. 영화제에서 상 타신 게 몇 번째 작품이었죠?"

내 뜬금없는 질문에 박진우 연출이 벙찐 얼굴로 답했다.

"첫 번째요? 양치기 청년이니까."

"그렇죠. 선댄스였죠."

"옛, 예에."

"그다음은 어땠나요?"

선댄스, 베니스, 베를린, 로테르담, 아일랜드, 홍콩. 전 세계를 주유한 우리 영화는 당당하게 국내 독립영화의 신기록을 세웠고. 차기작으로 한국에서 천만 감독이 되었으며, 그 영화로 미국 진출 1년 만에 아카데미 시상식을 밟았다.

"얼마나 대단한 감독님입니까. 안 그래요?"

내 질문에, 주변에 앉아 있던 사람들이 작은 목소리로 힘을 실어주었다.

"마, 맞아요. 대단하죠."

"실력은 의심할 여지가 없어요."

나는 소주잔을 잡고 말했다.

아주 감격스러운 목소리.

"첫해에 아카데미라니……."

그리고 아주, 능청스러운 목소리로.

"이 정도면, 12년 안에 오스카 하나는 받지 않겠습니까. 무려 12년인데요. 안 그래요?"

내 질문의 칼끝이 레오를 향했다.

무려 '12년'. 〈게라드 쇼〉에서도 조차 언급하길 피했고, 이 자리의 그 누구도 절대 꺼내지 않는 금지어. 레오파드 앞에서는 절대 '12년'이라는 단어를 꺼내지 말 것. 그 누구도 서로에게 충고하지 않았지만 모두가 알고 있는 암묵적인 룰. 이 룰이 깨지자 정상적으로 돌아가던 레오의 톱니바퀴가 멈췄다.

레오의 입에 걸린 웃음은 더 이상 비웃음이 아니었다.

"……뭐?"

분노. 모멸감.

주변 분위기가 싸늘해진 것을 넘어 하얗게 질려 버렸다.

이봐, 다들 집에 돌아가. 파티는 끝났다고 친구들.

나는 룰을 파괴했고, 그대로 레오를 쏘아보며 물었다.

아주, 시원하게.

"레오. 안 그런가요?"

우리가 우스워 보여?

레오는 이제껏 이런 취급을 어디서도 받아본 적 없다고 느꼈을 것이다. 좋았던 현장 분위기를 망치는 빌어먹을 농담을 아무렇지 않게 던져도 그 누구도 뭐라고 하지 않을 위치. 영화한 편의 운명을 좌지우지할 수 있을 만한 힘이 있는, 명실상부한 할리우드의 왕이니까.

"너, 지금 뭐라고 했어?"

"……."

지금. 단 한마디만으로 좌중을 얼려 버리는 사람이니까.

내 도발에 레오가 눈에 쌍심지를 켰고.

"도 배우님."

박진우 연출은 한껏 당황하며 그만하라는 듯 내 팔을 붙잡았다. 그리곤, 레오를 만류하기 시작했다.

"레오. 스케줄을 수정해 드리죠. 내일 하루 촬영장 나오지 말고 푹 쉬세요."

하지만 박진우 연출의 말은 우리의 귀에 들어오지 않았다.

"레오, 저희가 우습게 보이나요?"

"적당히 까불어야 귀엽게 보이는 법이야."

"그럼, 당신도 적당히 하시죠."

"……."

서로가, 서로를 노려보며 심장에 바늘 하나씩을 꽂았다. 이렇게 되면 동률이지만. 레오는 나와 '동률'이라는 것은 자존심이 허락하지 않는 듯 보였다.

여기요, 눈에서 레이저 나오겠어요.

"……재밌네. 이런 불쾌한 현장은 처음이야."

"저 역시, 이렇게 무례한 사람은 처음이네요. 당신에게 우습게 보일 정도로 못한 것도 없는데 말이죠."

"이봐요! 그게 무슨 말버릇입니까!"

레오와 동행한 에이전트가 내게 빼액 소리를 질렀지만 레오가 손을 들어 올리며 만류했다.

"쯧."

레오는, 욕을 하거나 잔뜩 흥분하는 대신, 경멸스럽다는 제스처를 취하며 자리에서 일어났다.

그러고는 내 머리 위에서 손을 번쩍 들었다.

뒤에 있던 경호원 한 명이 이를 제지하려 했지만, 레오는 나를 후려치는 대신.

탁탁.

내 어깨를 두드렸다. 그리고 귀에 대고 속삭였다.

"두고 보면 알겠지."

"……."

레오는 나를 노려보더니 등을 돌렸다.

"내일 촬영장에서 보지."

차라리 면전에다 욕하고 흥분하는 타입이 상대하기 쉬운 법이다. 저런 타입은 언제 뒤통수를 후려칠지 모른다.

그런 느낌을 강하게 받았다.

저 자식은, 뱀이고 나를 언제고 삼킬 수 있는 먹잇감이라고 생각하고 있다고. 그 먹잇감을 어떻게 가지고 놀지는, 자기 손에 달려 있다고 그렇게 생각하고 있는 것이 분명하다.

"아아."

박진우 연출은 머리가 아픈 듯 이마를 움켜쥐었고.

"내일 촬영 때 볼게요. 다들 들어가세요."

김민희 PD님의 말에 자리는 아주 자연스럽게 파했다. 스탭들은 자리에서 일어나 내일 뵙겠다며 숙소로 들어가기 시작했다.

"치워도 될까요?"

호텔 직원들만이 청소 용품을 들고 부산스럽게 움직였다.

테이블에는 내 사람들과 박진우 연출밖에 남지 않았다.

어딘가 갑갑한 표정의 박진우 연출이 내게 말했다.

"후, 도 배우님. 오늘은 이만 들어가서 주무세요."

"……."

배우 두 명의 신경전이, 이 자리를 망쳐 버렸다.

내가 참았어야 하는 상황이었나?

어쨌거나 결과적으로 감정을 컨트롤 하지 못했고 분위기를 어지럽혔다. 사과해야 한다고 생각했다.

"감독님, 죄송합니다."

하지만 박진우 연출이 말했다.

"아뇨. 제가 화나는 이유는 도 배우님 때문이 아닙니다."

"……네?"

"저 자신한테 화가 나요. 솔직히, 저도 한마디 하고 싶었어요. 그렇게 쉬고 싶으면 네가 하루 일찍 오면 될 것 아니냐고. 아니면, 평생 쉬면 되지 않느냐고."

"……."

"그런데 말 못 했어요. 그의 영향력은 절대 무시할 수 없으니까. 그런데, 도 배우님이 말씀하실 때 속이 좀 시원하기는 했습니다."

말을 쏟아낸 그가, 나를 향해 미약하게 웃어 보였다.

"잘하셨습니다."

그는, 친구의 일탈 덕분에 조금 시원해 보이는 모범생의 얼굴이었다.

나는 멋쩍게 웃으며 말했다.

"잘못한 것도 없는데 고개 숙이지 말아요. 감독님."

내 자신감에 덩달아 힘을 얻었을까.

박진우 연출의 얼굴에 생기가 돌았다.

"맞아요. 뭣 하면 한국에서 활동하죠. 뭐."

혹자들은 배우를 꽃에 비유하고는 한다.

내가 본 레오는, '군자란'이다. 4, 5년. 길게는 10년, 12년 동안 꽃을 피우지 않는 난초. 인고의 기다림 끝에 꽃이 피면 피보다 진한 붉은색 꽃잎으로 화려한 아름다움을 뿜어내지만. 성격이 고약해, 비위가 틀리면 금방 스스로 죽어버리는 군자란.

레오. 그는 분명 내년에도 꽃을 피우지 못할 것이다. 13년째 아름다운 꽃망울을 보지 못하고, 14년째에도 그럴 것이다.

이는, 내가 확신하지.

레오파드 비트리오. 그는 아무렇지도 않은 무표정한 얼굴로 자신의 숙소로 들어섰다. 숙소라고 주어진 방은, 다른 배우들과 다를 것 없는 4성급 호텔. 이 현장에서는 아무렇지 않은 일이지만, 항상 최고의 대우만을 받아오던 레오에게는 찬밥 신세로 느껴졌다. 그렇다고 레오가 직접 화를 낼 수는 없는 노릇이기에, 그의 에이전트가 대신 욕설을 퍼부었다.

"싸구려 호텔 잡아놓고 큰 소리는. 감히 이런 취급을 해? 건방진 동양인 놈. 레오, 그냥 LA로 돌아가 버릴까?"

레오 역시 이 자체만으로 불쾌함을 느꼈지만, 시드니에서도 160㎞ 떨어진 해안 마을에서 촬영하는 영화에 무엇을 기대하겠는가.

"됐으니까 조용히 해."

조용히 분노를 감추었다. 호텔에는 보는 눈이 많다.

"그, 그렇지만 저 시건방진 놈들을 그냥 넘어갈⋯⋯."

"똑같은 얘기 밤새 할 건가?"

레오는, 얼굴 가득 분노를 감추고 에이전트를 쏘아보았다.

"⋯⋯아, 아니, 그게."

"내가 이런 취급을 받는 것이 불쾌해? 그럼, 가서 에이전트인 네가 할 수 있는 일을 하라고."

"아, 알았어."

레오는 의미심장한 말을 남기고, 숙소 문을 열었다.

끼이익! 쾅!

문을 닫자마자, 레오의 딱딱하게 굳어 있던 얼굴이 금이 가기 시작했고, 곧 분출하듯 욕설을 뿜어냈다.

"퍽!"

젠틀한 척, 여유 있는 척. 보여주기 위해 만들어져 있던 감정들이 몽땅 깨지고, 참기 힘든 분노만이 남아 있었다.

"상종도 못 할 새끼들이."

제아무리 할리우드에서 인클루전 라이더(inclusion rider)라니, 뭐라니 새바람이 불고 있다고는 하지만 이름도 제대로 들어보지 못했던 동양인 배우가 자신을 무시했다. 그런데, 당연히 자신의 편을 들어야 할 에이전트를 제외하고 현장에 있던 그 누구도 자신의 편을 들지 않았다.

왜? 그 자식들이 뭐길래?

"……제기랄."

레오는 거칠게 겉옷을 벗어 던지고 베란다로 나가 담배를 입에 물었다.

치익, 칙.

담대 연기가 베란다 가득 피어올랐다. 사라져 가는 담배 연기처럼, 레오의 분노도 조금씩 사그라졌다.

'알고 있다.'

왜 할리우드에서 도재희라는 이름에 열광하고 있고, 이 현장의 그 누구도 자신의 편을 들지 않았는지.

직접 눈으로 보아서 알고 있다.

리틀 아일랜드에 도착했을 때는, 한창 마지막 촬영이 진행되고 있었고 모니터 속의 도재희가 얼마나 소름 돋는 리얼리티를 보여주고 있는지 두 눈으로 똑똑히 보았으니까.

도재희는, 확실히 다른 배우들과는 레벨이 달랐다. 짧은 시간 안에 레오는 그 점을 정확하게 보았지만, 티를 내지 않았을 뿐이다.

"그 자식, 대체 뭐지."

필터 끝까지 타버린 담배처럼 속이 타오르는 기분을 느꼈다.

복잡하다. 지금 속에 들어 있는 감정은 여러 가지다.

자신에게 도발한 애송이에 대한 분노. 이상한 질투심. 정체가 궁금할 만큼 짙은 호기심.

복잡한 감정이 머릿속에 휘몰아쳤다.

'잠자긴 글렀군.'

레오는 고개를 절레절레 저으며 들고 있던 담배를 허공에 던져 버렸다.

파앗!

불꽃이 허공에서 흩뿌려졌고 담뱃재는 시들시들해져 버린 군자란 꽃잎처럼 사라졌다.

〈청춘열차〉의 송문교. L&K의 후배 임주원. 〈피셔〉의 임강백.

이 셋의 공통점은 모두가 내 커리어의 제물이 되었고, 같은 작품 혹은 동 시간대 작품에서 연기대 연기로 붙었던 사람들이라는 점.

레오는?

철저하게 송문교, 임주원, 임강백과 같은 부류다.

그 1차전은 아카데미 시상식이 아니라, 오늘 이곳. 〈알카트라즈〉 촬영현장에서 이루어질 예정이다.

나는 아침에 눈을 뜨자마자 간단한 스트레칭을 하고 샤워를 했다. 호텔 식당에서 아침 조식을 먹고 난 뒤, 콤비 차량을 타고 선착장으로 향했다.

"재희, 왔어요?"

"네. 식사는 하셨어요?"

"그럼요. 조금만 기다려요. 카메라 먼저 보내고."

선착장에서는 매일 아침 그러하듯, 카메라같이 중요한 촬영 장비를 보트에 싣고 있었다. 무거운 조명이나 모니터 같은 장비들은 섬에 만들어둔 컨테이너 보관함에 넣어두지만, 카메라는 반드시 직접 들고 다녀야 하기 때문이다. 나는 선착장 어귀에서 촬영용 보트가 빠질 때까지 기다렸다.

잠시 후. 새하얀 연출용 보트가 도착했고, 나와 박진우 연출이 함께 보트에 몸을 실었다. 그런데, 박진우 연출은 보트를 출발시키지 않고, 잠시 기다려 달라고 요청했다.

"왜요?"

"레오를 데려가야 할 것 같아서요."

"아."

레오파드. 할리우드 스타께서, 여기까지 친히 방문해 주셨는데 감독이 직접 가장 좋은 보트로 모셔야지.

암.

고개를 끄덕이고 얌전히 보트에 앉아 기다리자, 레오가 도착했다. 선글라스에 화려한 자수가 수 놓인 셔츠에 하얀 백바지를 입고 있었다.

확실히 매력적인 배우다. 그림만 보았을 때, 영화의 한 장면이 따로 없었지만 분위기는 가라앉았다.

어젯밤 일 때문이다.

섬으로 향하는 배 위, 어색한 공기가 어깨를 짓누른다.

"으흠흠."

이런 분위기가 오래 지속되면 안 된다고 판단한 박진우 연출이 먼저 입을 열었다.

"어제 잘 주무셨습니까?"

예의 있는 질문에 레오는 가볍게 고개를 끄덕였다.

"네. 감독님은요?"

"저도 잘 잤습니다."

감독님이 이렇게까지 하시는데, 나 역시 가만히 있을 수는 없다.

"레오, 어제는 제가 좀 심했습니다."

내 사과에 레오는 차가운 눈으로 나를 바라보며 말했다.

"알긴 아는군."

"……."

아, 그러세요. 제기랄. 괜히 사과했다. 내가 진 기분이잖아.

"우리끼리 있으니까 하는 얘기인데 말이야."

그때, 레오가 말했다.

"나랑 게임 하나 하지."

게임?

"……무슨 게임이요?"

"하이마운트 픽쳐스 웹 채널에 캐릭터 예고편을 넣어달라고 하는 거야. 너와 나."

"……그래서요?"

"'좋아요'가 몇 개 달리는지를 두고 판단하는 거지. 지는 사람은, 이긴 사람의 소원을 들어주기로 하고."

"……."

외국인들은 SNS의 팔로워 수나, '좋아요' 숫자 등이 인기의 척도라는 말을 들은 적이 있다. 시청자들은 모르는 관계자들끼리의 이런 내기가 성행한다고 들었지만, SNS를 하지 않아 회사 계정을 통해 내 근황을 업로드하는 나에게는 익숙하지 않은 형태다.

"할리우드 인지도는 내가 높겠지만, 너는 이 영화의 주연이잖아. 핸디캡은 양쪽 다 가지고 있다고 생각하는데. 어때?"

정확한 우위를 가리기 힘들 때는, 뷰어 숫자, '좋아요' 숫자처럼 드러나는 수치는 결과의 척도가 된다.

레오가 내게 이런 싸움을 제안하는 이유.

그러니까.

"한번 해보시자는 거죠. 저랑?"

내 솔직한 질문. 앙큼한 도발에 레오가 여유롭게 코웃음 치
며 말했다.

"그래. 너도 알고 있잖아. 내가 여기에 온 이유."

······그래. 알고 있지.

'한판 붙자.'

나는 고개를 끄덕이며 마지막으로 물었다.

"물어나 봅시다. 소원이 뭐길래 제게 이런 유치한 제안을 하
시는 겁니까?"

레오는 아주 덤덤한 얼굴로 말했다.

"할리우드에서 꺼져."

"······."

아하. 솔직해도 너무 솔직한데?

"12년간, 기다린 사과나무를 눈앞에서 도둑맞는 기분을 네
가 이해할까?"

나는 레오의 말에 씨익, 입꼬리를 올렸다. 그리고 재익이 형,
박진우 연출의 넋 나간 얼굴을 뒤로하고 단호하게 대답했다.

"하시죠."

물론, 이해한다.

레오 이 인간.

나랑 똑같은 종류의 인간이다.

··· 3장 ···
정면승부

캐릭터 영상은, 캐릭터의 매력을 대중들에게 어필하는 영상이다. 가장 폭발적인 연기의 단면이나, 캐릭터가 가지고 있는 이야기에서 중요한 순간만을 담아 편집한다.

즉, 연기의 액기스만이 담겨 있다.

이 액기스를 가지고 벌이는 '게임'.

'당신의 배우에게 투표하세요.'

한국에서 인기를 끌었던 모 오디션 프로그램이 떠오르는 문장이다.

그래. 레오가 내게 제안한 게임은 그만큼 유치하다. 유치하면서도, 또 단순하다. 그렇기에, 내 마음에 쏙 든다.

"레오 같은 배우가 뭐가 아쉬워서 그런 제안을 해? 만약 지면 재회 네가 무슨 소원을 말할 줄 알고?"

재익이 형의 이런 일반적인 반응이 이해가 안 가는 것은 아니지만.

"이길 자신이 있으니까 그러겠죠."

난 이해할 수 있다. 레오는 나와 똑같은 인간이니까.

나를 날려 버리고 싶고, 자신의 내면 깊숙한 곳에서 자신을 갉아먹고 있는 질투심과 콤플렉스를 벗어나고 싶고, 승리자로 기억되고 싶은 거다. 마치, 내가 송문교의 삶에 상처를 내고 싶어서 〈청춘열차〉라는 오디션을 처음 선택했던 것처럼. 우리는, 정말 비슷한 향기를 풍긴다.

그러는 사이에 악마 섬에 도착했다. 나와 레오는 흩어져 각기 분장을 받기 시작했고, 스탭들은 촬영 준비에 들어갔다. 30분 정도가 지나고, 분장을 마치고 의상을 갈아입고 필드로 나왔다.

촬영 준비는 모두 끝나 있었고, 배우들만 스텐바이 하면 되는 상황. 레오도 준비를 마친 듯, 강렬한 레드 컬러의 세미 정장을 입고 걸어 나왔다.

"준비되셨나요?"

"시작하지."

레오의 손에는 〈알카트라즈〉 대본이 들려 있었다. 벌써 몇 번이나 들여다본 듯, 꾸깃꾸깃한 대본. 그의 얼굴은 '칼'이라도

간 것 같은 얼굴이었다.

[# 93. 반란 이후의 알카트라즈.]
지옥 같은 새벽이 지났다.

지난밤 있었던 반란과 저항의 기운은 온데간데없이 사라졌다. 귀신같은 얼굴로 간수와 교도관들을 무참히 살해하던 악귀들은 온순한 양이 되어 있었고, 새로운 권력의 정점을 맞이할 준비를 끝냈다. 새롭게 교도소에 부임하게 된 교소도장2는 비열하게 웃으며 죄수들 앞 정중앙에 섰고, 죄수들은 복종의 의미로 무릎을 꿇었다. 그 선두엔, '이신'이 있다.

"자! 갈게요!"
오늘의 촬영이 시작되었다.

'폴'의 반란은 성공하는 듯했고, 교도소장1은 죽었다. 즉, 내 안전을 책임질 '빽'이 사라졌고 나는 탈출에 대한 계획을 전면적으로 다시 세워야 한다.

어떻게 이곳에서 빠져나갈 것인가.

어젯밤, 그 난리를 피웠음에도 그 누구도 '알카트라즈'를 벗어난 사람은 없다. 사면이 바다로 둘러싸여 있는 이 감옥은 수십, 수백여 명이 죽어 나가도, 여전히 건재하다. 이곳은 그런 곳이다.

살아 있는 알카트라즈의 죄수들은 모두 여기 무릎을 꿇고 있다. 새로운 '알카트라즈'의 왕의 즉위식을 위해.

이곳의 왕이 된 레오는 다리가 불편한지 목발을 짚은 채 비열하게 웃으며 우리를 내려다보았다.

"죄를 짓고 이 시궁창 속에 들어온 죄수들이 또 다른 '죄'를 지었다. 이를 어쩌면 좋아."

그의 얼굴에 깃든 '오만함'이 제 주인을 찾았다.

"이것들을 모조리 죽여 말아."

딱 맞는 옷을 입은 레오는, 죄수들의 목숨을 한 손에 움켜쥐고 이죽이죽 웃었다.

"아니지. 그럴 수는 없지. 다 죽여 버리면, 내가 여기에 있을 이유가 없어지잖아. 명색이 '교도소장'인데 말이야. 그렇다면 내가 이곳 분위기를 좀 알아야겠는데……."

한참을 턱을 긁적이며 고민하던 레오가 손가락을 퉁기며 말했다.

"아하! 죄수들 한 명씩, 개별 면담을 실시하겠다. 교도소장에게 하고 싶은 말이 있다면, 준비하라고. 이를테면 식당 밥이 별로라거나, 여자가 필요하다거나. 뭐든. 어때, 좋은 생각이지?"

"……."

"꺄르르르, 꺅꺅!"

레오가 신난다는 듯 꺅꺅거리며 경박스럽게 웃더니 표정을 굳히며 나를 보며 말했다.

"우선, 너부터."

대본에는 없는 애드리브였다.

교도소장의 개별 면담은 응접실에서 진행되었다.

단 두 명이 나오는 장면이지만, 배치된 카메라의 숫자는 총 네 대. 풀샷 하나, 바스트 하나씩. 마지막으로 남은 한 대는, 레오가 쥐고 있는 기다란 파이프 담배.

푸우!

파이프에서 연기가 뿜어져 나왔고, 레오의 입에서도 회색 연기가 뿜어져 나왔다.

내 얼굴에.

"……."

역시, 대본에는 없는 애드리브였다.

마치, 용처럼 내 얼굴에 뿜어대는 담배 연기를 보며.

"끄, 꺅꺅꺅!"

교도소장2는 정말로 신이 난 듯 경박하게 웃어댔고 나는 스멀스멀 올라오는 불쾌감을 억눌렀다.

내게는 이 사람이 필요하니까.

조금 헷갈린다. 레오와 내가 지금 느끼고 있는 감정들이 연기인지, 아니면 진실인지.

탁!

레오가 파이프 담배를 내려놓으며 서류를 들어 올렸다.

"군인 출신이라. 육군인가, 해군인가?"

"공군 특수부대."

"오호, 그래? 나도 군 생활을 경험했거든. 3년. 세계전쟁 때 타이완으로 파병을 갔었지. 근데 군대에 대한 기억이라고는, 빌어먹을 군인들에게 얻어맞아 다리가 병신 된 기억밖에 없어. 이거 보이나?"

레오는 자신의 목발을 자랑스러운 훈장이라도 되듯 가리켰다. 그는, 한쪽 다리가 불구인 장애인이었다.

"이 말이 무슨 말인 줄 알아?"

"……."

"내가 군인들을 아주 ×같이 생각한다는 거야."

대사를 마친 레오가 비열하게 웃었다. 실제로 소름이 다 끼칠 정도였으니, 그의 리얼리티는 살아 있었다.

정말로 나를 ×같이 생각하지 않을까 싶을 정도로.

"흐음, 전 교도소장이 아끼던 친구였나? 품행방정(品行方正)에 교도 생활 우수에, 신입 죄수 교육전담 특별 교육관? 이게 뭘 의미하는 거지?"

"……새로운 죄수들이 수감 되면, 교육을 합니다. '알카트라즈'에 어울리는 죄수로 만드는 작업이죠. 우리는 이를 '뇌 비우기'라고 불렀습니다."

"'뇌 비우기.' 생각은 안 하고 몸만 움직이는 버러지들을 만드는 작업인가?"

"맞습니다."

"재미있는 생각이긴 하다만, 죄수가 죄수를 교육한다고?"

"……."

"참 개 같은 생각이군. 이러니까 반란이 일어나지. 쯧쯧. 나는 그렇게 하지 않을 거야. 이봐, 군인 친구. 내가 어떻게 이곳을 이끌어갈지 궁금하지 않나?"

"……."

"잘 들어봐."

레오는 목발을 짚고 자리에서 일어나, 한쪽 손을 앞으로 쭉 내밀고 가슴도 크게 내밀며 말했다.

"나를 위한 곳이지."

음악에 빠진 지휘자 같기도 했다. 그는 격정적으로 이 장면을 연주하고 있었다.

피치, 템포, 언어, 호흡. 모든 요소를 완벽하게 컨트롤 하며.

"내 허락 없이 입을 열면 죽일 거야. 늦잠을 자도 죽일 것이고. 일하지 않고 놀아도 죽일 거야. 반란이 일어나면, 또 죽일 거야. 그냥 다 죽일 거야. 으꺄꺅! 켁, 케헥!"

"……."

헛기침까지 하며 웃어대는 그는, 정말 미치광이였다. 대본에 기재되어 있지 않은 부분까지 창조해 내며 이 장면을 연주하는 진짜 마에스트로였다.

이 남자가 어째서 '남우주연상'을 받지 못했던 걸까, 호의적인 감정을 품을 만큼. 그는, 매력적인 배우다.

레오는 자신에게 허락된 가장 '다이나믹'한 장면을 살려내고 있었다.

씬스틸러. 레오가 주인공이 되는 장면.

하지만.

"……그렇군요."

나는 일말의 위기감도 없이 묵묵히 그를 바라보았다.

이제 곧, 내가 이 장면의 주인공이 될 테니까.

교도소장2가 경박하다면, 이신은 묵직하다. 이런 내 묵직함이 조금씩 장내를 휘어잡기 시작했다.

레오는 아무런 감정의 변화가 없는 내 모습이 마음에 들지 않는지 눈썹을 꿈틀거리며, 그 이상 웃지 않았다. 대신, 면담을 계속 진행했다.

"내가 제안을 하나 하지."

"네?"

"너, 내 눈과 귀가 되어라."

"……."

"전임 교도소장이 믿고 일을 맡긴 놈이라면, 내게도 나쁘지 않지. 이 쓰레기장에서 일어나는 모든 일 들을, 낱낱이 보고해. 어떤 놈이 하루에 똥을 몇 번 싸고, 밥을 너무 많이 먹고, 누가 누구를 싫어하네 등등. 모조리 빠뜨리지 않고."

나는 속으로 감정을 삼켰다.

이건, 기회다. 새로운 '왕'에게 이쁨을 받을 기회.

그리고.

"나와 단둘이 하는 게임이라고 생각해. 괜찮은 소식을 하나 물어올 때마다, 내가 상을 주지. 일종의 칭찬 포인트지. 포인트 100점을 모으면, 원하는 소원을 하나 들어주마."

내가 '알카트라즈' 밖으로 나갈 수 있는 유일한 기회.

"으ㅎㅎ."

그가 이 상황이 즐거워 미칠 것 같다는 듯, 미소 지었다.

저 표정을 어디에서 봤나, 했더니. 조금 전, 보트 위에서 내게 '게임'을 제안했던 그 표정과 똑같다. 그는 정말 이 시간을 즐기고 있었다. 하지만, 나 역시 마찬가지다.

"소원이라고 하셨습니까."

"그래."

"어떤 소원이든 들어주신다고 하셨습니다. 맞습니까?"

내가 다시 묻자, 레오가 짜증 난다는 얼굴로 말했다.

"속고만 산 놈이로구나. 정말이다."

내가 입꼬리를 아주 살짝 올렸다. 감정을 쉽게 드러내지 않는 '묵직한' 캐릭터다 보니, 살짝 드러내는 이 감정 한 조각도 파괴력이 상당했다.

"나중에 다른 소리 하지 마십시오. 분명, '소원'을 들어주겠다고 말씀하셨습니다."

마지막 대사. 극 중 배역 '이신'이 교도소장2에게 한 말이 아니라 도재희가 레오에게 한 말이다.

대본에 없는 '애드리브'라는 사실을 깨달은 레오가 눈썹을 꿈틀거렸다. 조금 전. 보트 위에서 우리끼리 약속했던 게임에 대한 보상 이야기라는 것을 이제 눈치챘을 것이다.

"……"

애드리브에는 애드리브로.

레오가 내게 눈으로 말하는 듯했다.

'어쭈, 이 새끼 봐라?'

그리고, 이를 드러내며 웃어 보였다.

"무슨 소원이 빌고 싶은데? 아니지. 그전에. 나와의 게임에서 이길 수 있을 것 같아?"

당연히 애드리브였고 나 역시 애드리브로 응수했다.

"기대하셔도 좋습니다."

영화 알카트라즈팀의 스크립터가 헤드셋을 벗어던지고 박
진우의 팔을 두드렸다.

"감독님. NG인데요."

NG도 이런 NG가 없지. 이미 대본에 없는 대사들이 계속해
서 튀어나오고 있다. 애드리브도 이미 도를 넘은 상황.

하지만 박진우는 괜찮다는 제스처를 취했다.

"알고 있어. 잠시만."

조금 전, 보트에서 둘의 대화를 함께 들었기 때문에 알고 있
다. 박진우는, 지금 저 둘이 차마 자신의 이름을 걸고 말하지
못한 말들을, 연기라는 핑계로 '신경전'을 벌이고 있다는 사실
을 눈치챘다. 그렇기에 일부러 멈추지 않았다.

'할 말은 하는 게 좋겠지.'

비단 이런 이유뿐만이 아니라도, 살려도 괜찮을 것 같은 장
면들이 이미 여러 컷 나왔기 때문이다. 현실과 연기 사이를 기
묘하게 넘나들며 서로가 서로에게 장이요. 체크메이트를 날리
고 있는 두 배우.

"하아."

박진우는 짧은 탄성을 뱉었다. 아쉬움의 탄성이었고, 이 탄

성 뒤에는 배우들은 향한 존경이 들어 있었다.

저 둘이, 조승희나 설강식처럼 사이가 좋았다면 그래서, 만약 저 둘이 '주연'인 영화를 찍을 수 있다면 참 재미있을 것 같다는 생각이 들었기 때문이다.

'하지만 절대 그럴 일은 없겠지. 둘이 또 다른 게임을 벌이지 않는 이상 말이야.'

박진우는 쓸쓸하게 웃으며 메가폰을 들었다.

그리고 힘찬 목소리로 소리쳤다.

"오케이입니다!"

오케이, 둘 모두 100점짜리 배우다.

물과 기름. 나와 레오는 얼핏 보기에 물과 기름처럼 섞이기 힘든 것 같이 보였다. 처음에는 현장 분위기에 적응하지 못했고, 과연 박진우 연출의 디렉션을 잘 들을까? 라는 걱정이 앞섰다.

하지만, 이 우려는 점점 사라져갔다. 레오는 어지간한 디렉션이 필요 없는 수준으로 연기를 훌륭하게 해내었고, 카메라에 담긴 결과물만큼은 물과 기름이 아닌, 그 어떤 쉐이크보다 달콤했으니까.

나와 레오의 사이는 여전히 좋지 않았지만, 같은 목표를 향한 사람들임은 부정할 수 없다.

오스카상, 그리고 '훌륭한 연기'. 이 작품으로 자신의 매력을 어필해야 한다는 공통점이 있으니까.

캐릭터 티저 영상의 조회수와 LIKE 개수를 합산하는 일명, '좋아요' 게임. 게임이라는 단어로 포장된 이 영상이 세상에 공개되고 나면, 우리 사이에는 철저하게 승자와 패자가 갈리게 된다.

이 게임에서 진 플레이어는.

"아웃."

할리우드에서 사라질 것.

레오가 취할 전리품은 할리우드에서의 내 수급이다.

반대로.

"너는, 내게 뭘 원하지?"

내가 레오에게서 원하는 것은.

"당신의 영향력."

레오의 명예.

"그게 무슨 말이지?"

내 아리송한 대답에 레오가 눈썹을 꿈틀거렸다.

나는 덤덤하게 말을 이었다.

"별것 아닙니다. 인터뷰하세요. 제게 했던 말에 대해 공개적으로 사과하고, 인정하세요."

공개적으로 사과하고, 인정할 것.

"고작?"

레오는 피식 웃더니 '그깟 게 무슨 소용이냐'는 듯, 고개를 까딱였다.

"그러지."

그러고는 숙소로 들어가 버렸다.

레오가 호주에 온 지도 벌써 일주일이 흘렀다. 그사이 〈알카트라즈〉 촬영은 순조롭게 진행되었으며, 레오가 호주에 도착한 첫날, 회식 자리에서 있었던 신경전 같은 일은 더 이상 없었지만 그렇다고 우리 사이에 호의적인 무언가가 오간 것은 아니다. 조금 전과 같이, 아주 짧은 용건 정도가 사적인 대화의 전부다.

우리가 나누는 대화는, 카메라 앞에서 주고받는 대사가 전부. 이게 우리의 대화 방식. 함께 촬영한 지 어느덧 일주일이 훌쩍 지났지만, 여전히 멀게만 느껴지는 나와 레오의 거리. 하지만, 아이러니하게도 촬영장 분위기는 좋았다.

"레오도 작년에 비해 훨씬 안정감 있지 않아?"

"맞아요. 몸에 맞는 옷을 입었다고 할까? 작년에 남우주연상 노미네이트 되었던 디트로이트 피플 때보다 훨씬 잘 어울리는 느낌인데요."

"그러니까 말이야. 얼굴을 봐. 완전 칼을 갈았다고. 그에 반해 재희는 어떤 것 같아?"

"재희요? 재희는 항상 똑같죠. 조금도 나아지지 않았어요. 제자리걸음. 축구의 신 메시처럼 언제나 환상적이죠."

촬영 스태프들의 극찬이 연일 이어졌다. 마치, 메시와 호날두가 수년간 발롱도르를 양분하며 매해 서로를 의식하지만, 사적인 친분은 나누지 않아 훨씬 신비로운 것처럼. 오히려 이런 지극히 비즈니스적인 관계에서 높은 시너지 효과가 나온다고 믿는 듯했다.

맞는 말이다. 확실히, 내 눈앞에 넘어야 할 산이 있으니, 노닥거리고 싶은 마음이 들지 않는다. 하루라도 빨리 넘어가고 싶은 조바심뿐이다.

이는 레오 역시 마찬가지인지 처음과는 다르게 레오는, 매일매일 나를 경쟁자로 여기고 있었다.

"연기 신들의 대결이라. 정말 매일 새롭군. 새로워."

"예고편 나가면, 할리우드 분위기 뒤집어 버리겠는데요."

"그러게. 촬영 감독님도 이 작품으로 촬영상 오스카 하나 받으셔야죠."

스탭들 역시, 우리들의 영상이 세상에 공개될 그 날을 손꼽아 기다리고 있다. 오스카에는 배우들을 위한 상만 있는 것이 아니니까.

배우와 스탭. 이들 모두에게 영광을 가져다줄 황금 동아줄. 〈알카트라즈〉, 이 동아줄이 할리우드를 꽉 붙잡고 끌어내릴 것이다.

내 앞으로.

'악마 섬'에서의 촬영도 어느새 막바지에 달했다. 영화 내용은 교도소장2인 레오의 명령을 받아 알카트라즈 내부의 불순자들을 내가 직접 고발하는 내용으로 이어졌다.

그리고, 그럴 때마다 나는 '포인트'를 획득했다.

"99포인트에, 이제 마지막 100포인트. 정확히 16개월이 걸렸군. 정말이지 악착같이 모았어. 동료들을 죄다 팔아넘기면서까지 내게 얻고 싶은 소원이 뭐야?"

교도소장의 질문에 나는 고개를 떨며 말했다.

"동료들이 아닙니다."

"응?"

"알카트라즈에서도 재활용이 안 되는 쓰레기들일 뿐입니다. 그러니, 저는 동료를 팔지 않았습니다."

"……재밌군, 그래. 원하는 소원이 뭐야?"

알카트라즈 죄수들의 비리를 고발하며, 100포인트를 다 모은 내가 교도소장에게 빈 소원은.

"환경미화 구역을 재활용 쓰레기장으로 옮기고 싶습니다."

"……"

하루에 세 번씩 진행되는 환경미화 시간에 내 청소 담당구역을 재활용 쓰레기장으로 옮기는 것.

내 소원에 교도소장이 눈썹을 꿈틀거렸다.

"고작, 그게 소원이라고?"

'게임'에서 이기면 자신에게 원하는 소원이 뭐냐고 묻던 레오의 얼굴과 겹쳐 보인다.

나는 단호하게 답했다.

"네."

"난 더 큰 소원도 들어줄 용의가 있는데 말이야. 맛있는 사식을 넣어준다든지, 아니면 조금 넓은 독방으로 보내준다든지 하는."

100포인트를 모으는 데 16개월이 걸렸다.

내 억울함을 돌이켜 본다면 길고 긴 시간.

하지만, 내게는 이 소원이 꼭 필요하다.

"이거면 충분합니다. 재활용 쓰레기장으로 보내주십시오."

"이유가 뭐야? 화장실 청소만큼 편한 것이 없을 텐데?"

교도소장 집요하게 물었다.

나는 지난 16개월간 알카트라즈 최상층에 위치한 교도소장의 개인 화장실 청소를 담당해 왔다. 개인 화장실 청소는, 탄광, 작업장, 소각장 청소에 비해 오히려 편한 편에 속한다. 그런데, 16개월간 매달린 일의 결말이 고작, 청소 구역을 바꿔 달라는 요구라니, 교도소장 입장에서는 이해가 가지 않는 것이다.

"화장실 냄새가 너무 역합니다."

화장실 냄새를 참지 못하겠다는 말에 레오가 무표정하게 입꼬리를 올리더니 고개를 끄덕였다.

"그래?"

"네."

내 탈출 방법. 알카트라즈는 건물이 많이 낡았고, 지난 반란 때 일어난 폭발의 후유증을 여전히 안고 있는 건물이다. 거기다 바다의 염분과 습기 때문에 시멘트와 철근이 많이 삭아 있는 상태.

난 이 점을 공략한다. 교도소장의 개인 화장실, 천장 바로 위가 지붕이다. 나는 지난 16개월간 이곳 천장을 수색하며 지붕으로 향하는 통로를 찾을 수 있었다. 이 통로의 통풍관을 타면 알카트라즈 건물 외벽 밖으로 나갈 수 있다.

문제는, 바다를 어떻게 건널 것이냐.

보트를 만들어야 한다. 이 점을 해결하기 위해 나는 청소 구역을 바꿔 달라고 요구한 것이다. 재활용 쓰레기장에는 보트를 만들기 위한 재료가 존재한다.

메인재료는 바로 비옷. 죄수들이 입는 비옷은 질긴 고무로 만들어져 있고, 이런 못 쓰는 비옷들을 조금씩 모아 고무보트를 제작하기로 한 것.

교도소장은 조금 의심쩍어하기는 했지만.

"별 개 같은 소원도 다 있군. 하지만"

그 간의 내 행동을 보며 나를 신뢰하고 있었다.

"들어주지. 소원은 소원이니까."

그렇게 나는, 재활용 쓰레기장에서 또다시 6개월을 버티며 수용성 접착제와 바늘을 이용해 고무보트를 만들었다. 나무 판자로 노를 만들어 교도소장 화장실에 숨겨두기도 했다.

반란 이후, 장장 2년이 넘는 시간을 공들였고 내가 알카트라즈에 수감 된 지도 벌써 4년. 드디어, 이곳을 탈출할 준비가 모두 끝났다.

내가 탈출을 시도할 시간대는, 저녁 일곱 시. 죄수들이 알카트라즈 여기저기에 퍼져 있고 분위기가 부산스러운 저녁 '청소시간'.

모두가 잠든 새벽보다, 이 시간이 좋은 이유는 두 가지.

첫째는 새벽에 교도소장의 개인 화장실로 갈 다른 방법이 없다는 것.

둘째는 보다 실리적인 이유다. 이 시간에 바닷물이 만에서 빠져나가기 시작하여 동쪽에서 서쪽으로 흐른다. 자연스럽게 밀어내듯 흐르는 물살을 타고 바람까지 받쳐준다면 대략 두 시간 이내에는 육지에 도착할 수 있을 것이다. 목표는 서쪽의 가장 가까운 내륙.

청소 시간이 시작하자마자 교도소장의 화장실로 숨어든 나는 천장 다락을 타고 지붕으로 올라갔다. 그리고 벽과 평행으로 설치된 통풍관을 타고 30m 이상 미끄러져 내려갔다.

빠르게 알카트라즈 외벽을 빠져나온 나는, 경비탑의 눈을 피해 준비한 고무보트를 절벽 아래로 던졌다. 나무판자를 품에 안은 채 나 역시 절벽 아래로 뛰어내렸다. 그리고 고무보트를 저으며 이 지긋지긋한 섬을 빠져나가기 시작했다.

바람도 좋고, 물살도 제격이다.

두 시간. 저녁 청소 시간이 끝나고 알카트라즈 점호시간과 겹치는 시간이다. 서두르지 않으면, 점호 때 내가 사라진 것을 들키게 되고 추격자가 따라붙을 것이다.

나는 있는 힘껏 노를 저었다. 어느새 어두컴컴한 바다가 나를 일렁이듯 집어삼킨다. 얼음장같이 차가운 바닷물이 안면에 마구 튀었고, 금방이라도 빠질 듯 고무보트가 휘청거렸지만 나는 멈추지 않았다.

아니, 멈출 수 없었다. 멈추면 그대로 물에 빠져 죽을 테니까.

그런 생각도 들었다. 알카트라즈에서 죽을 때까지 갇혀 사느니, 차라리 바닷물에 빠져 죽는 것이 낫겠다는 생각.

하지만 '복수'를 하기 전에는 절대 죽을 수 없다.

시간이 얼마나 흘렀을까. 파도 소리밖에 들리지 않던 바다가 요란해졌다.

웽웽웽웽웽!

"비상! 비상!"

요란스러운 비상 사이렌이 울리며, 저 멀리, 알카트라즈의 경비탑에 전조등이 들어오며 인근 바다가 밝아졌다.

어두컴컴하던 바다가 환한 낮으로 변한 것.

……들켰다.

그 말은, 점호시간이 되었다는 말이고 대략 한 시간 삼십 분 남짓을 달려왔다는 말.

하지만 나 역시, 육지가 얼마 남지 않은 상황.

나는 이가 부서져라, 악 깨물었다.

기다려라.

"그 자식을 내가 너무 믿었군. 당장 육지에 연락해서 해안경비대를 대기시켜! 너희들도 빨리 나가서 저 개자식을 잡아와! 아니, 내가 직접 가지!"

레오의 대사를 끝으로, '악마 섬' 촬영이 모두 끝났다.

"와아!"

"수고하셨습니다!"

"다음 신은 포트 스테판 사막에서 진행하겠습니다!"

알카트라즈 세트에서 더 이상 촬영이 없는 것이다. 이제 남은 촬영은, 포트 스티븐즈의 가장 큰 매력 중 하나인 바다와 사막이 맞닿아 있는 포트 스테판 '사막 횡단' 촬영 신이 남았다. 알카트라즈에서 탈출한 내가, 고무보트를 타고 바다를 건너 사막을 횡단하여 도망친다.

이런 나를 추격하는 교도소장과 간수들, 해안 경비대와의 액션. 보트가 폭발하고, 바다를 헤엄치고, 잠수하고, 4WD 사륜자동차를 타고 사막을 질주하는 장면. 이 장면을 끝으로 호주 로케이션을 마치고 LA로 돌아가서 나를 알카트라즈에 버린 군인들에게 복수하는 장면과 알카트라즈에 수감 되기 직전, 프롤로그 장면을 촬영하면 영화 〈알카트라즈〉의 촬영이 모두 끝난다.

"드디어 끝이 보이네요."

"그러게 말입니다."

우리는 악마 섬에 남겨둔 모든 촬영 장비들을 선박 가득 싣고, '악마 섬'을 빠져나왔다. 그리고 모두 숙소로 돌아가 푹 쉰

다음. 다음 날 해 질 무렵, 포트 스테판 사막에 집결했다.

사막이라 하면, 물이 부족하고 삭막한 느낌을 들지 않는가.
한데, 이곳은 사막과 바다가 맞닿아 있다. 쉽사리 보기 힘든
이색적인 풍경에 모두가 넋을 잃고 빠져들었다.

"이런 곳이 있다니."

여기가, 촬영장소를 이곳으로 섭외한 결정적인 이유가 아
닐까.

나는 한참을 바람을 맞으며 사막 한가운데 서 있었다.

그런 내게 다가온 사람.

"오늘이 마지막이군."

레오였다.

그런데, 마지막이라고?

"……아."

그러고 보니 오늘이 레오의 마지막 촬영이었다.

"LA로 돌아가십니까?"

"그래. 오늘 촬영이 끝나고 나면, 아마 내년 3월에나 얼굴을
보겠군."

내년 3월. 아카데미 시상식.

그래. 아마, 그전에 그와 만날 일은 없을 것이다.

"……그렇겠네요."

"섭섭한 표정인데."

"그럴 리가."

"우리 '게임'은 잊지 않았겠지?"

승자와 패자가 갈리는 게임.

"그럼요."

"좋아. 약속 잘 지키라고."

"풉, 당신이야말로."

눈앞에 촬영할 영상들이 스쳐 지나가듯 그려진다.

아, 얼마나 또 굴러야 할까.

레오와 나의 마지막 라운드.

미리 말하지만 이 싸움은 내 판정승이 확실하다.

사막 도주 신에 동원된 보조출연자만 100여 명에 달했고, 투입된 무술팀만 30여 명이 넘었다. 사막 인근은 관광객들로부터 완벽하게 통제된 상태로 모래더미 사이사이에 특수효과팀이 폭약을 준비했고, 사륜자동차를 이용한 카 스턴트가 준비되었다.

그렇게 시작된 촬영.

풍랑에 너덜너덜해진 고무보트가 육지에 도착하고 4년 만에 알카트라즈 이외의 땅에 발을 디딘 그 순간 나는 땅에서 생명력을 느꼈다. 하지만 그것도 잠시 조금도 쉬지 못하고 다시 물속으로 들어가야 했다.

쓰레기장에서 나 홀로 탈출한 쓰레기를 잡기 위해 수십여 명의 경비대가 사륜자동차를 타고 사막으로 몰려들었으니까.

특수제작된 수조에서 1분 가까이 잠수를 해야 했고, 사구(Sand dune: 모래언덕)에 몸을 숨겨 숨구멍만 열어놓고 촬영에 임하기도 했다.

[그는, 전장에서 살아남은 악귀 같았다.]

시나리오에 기재되어 있는 지문처럼 호주에서 배우고 익힌 모든 액션이 총 망라되었다. 곳곳에서 폭발이 일어났고, 치고받는 난투 액션부터, 자동차끼리 쫓고 쫓기는 카 스턴트까지……. 그렇게 이틀 내내 대규모 촬영이 진행되었고, 상처 분장을 한 건지, 정말 상처가 난 건지 모를 만큼 험난한 액션이 이어졌다.

십수 명의 추격자를 따돌린 뒤 갈취한 자동차를 타고 사막을 유유히 빠져나가는 나를.

"……."

허망하게 바라보는 레오의 마지막 바스트 컷을 끝으로 이제는 정말 지쳤다 싶었을 때 호주 촬영이 막을 내렸다.

"오케이!"

"수고하셨습니다!"

"다들 수고 많으셨습니다! LA에서 뵙겠습니다!"

스탭들의 환호성에 나는 사막 한가운데 쓰러져 있다가 몸을 일으켰다.

"으어."

끈적한 핏자국 분장이 온몸을 찝찝하게 만들었고, 거기엔 모래가 잔뜩 붙어 있었다. 만신창이가 따로 없다.

"오빠, 얼굴 좀 들어봐요."

영미 씨가 내게 달려와 얼굴에 묻은 모래를 닦아주었고, 나는 잠자코 눈을 감았다. 스탭들이 지나가며 저마다 내게 수고했다고 이야기해 주었고, 나는 그들에게 웃어 보였다.

그때, 박진우 연출이 다가왔다.

"어휴, 얼른 들어가서 씻으셔야겠습니다."

"네. 씻고 싶네요. 감독님, 고생하셨습니다."

"도 배우님이야말로 정말 고생하셨습니다. 후, 정말 힘들었네요. 그래도, 이제 끝이 보이는 것 같습니다. 안 그렇습니까?"

"그러게요."

정말로 끝이 보인다.

그때, 레오가 박진우 연출에게 다가왔다.

"감독님, 그럼 전 가보겠습니다."

"아, 레오. 고생하셨습니다. 함께 작품을 할 수 있어서 정말 영광이었습니다."

"네."

"……."

'네'라니. 보통 '저도 영광이었습니다'라든지 '고맙습니다'라고 말하지 않나.

박진우 연출은 개의치 않는 표정으로 활짝 웃어 보였지만, 여전히 오만한 그의 태도는, 이제는 화가 나기보다는 어처구니없게 느껴진다.

그런 레오가 나를 흘깃 바라보더니, 입을 열었다.

"또 보지."

그게 끝이었다. 그리고 몸을 휙 돌리고는 자기 차량으로 돌아가 버렸다.

그들을 멍하니 바라보던 박진우 연출이 나를 다독였다.

"자. 저희도 돌아가야죠. 일단, 차에 타시고 숙소 들어가면서 말씀 나누시죠."

"아, 네."

스탭들이 현장정리를 분주하게 시작하고 있었다.

분위기는 한결같았다.

"이제 LA 촬영만 하면 끝이다!"

촬영의 끝이 보인다는 것. 기쁨의 포효를 울부짖는 촬영 크루의 외침을 끝으로, 우리는 차에 타 박진우 연출과 함께 숙소로 먼저 출발했다.

박진우 연출이 말했다.

"호주 일정도 이제 다 끝났고, 미국 들어가서 후반 작업과 동시에 LA 촬영을 진행할까 합니다."

"언제 시작하실 예정입니까?"

"미국 도착하고, 세트 경과를 조금 지켜봐야 하니…… 대략 2주 정도 뒤가 되겠군요. 충분하십니까?"

'충분하십니까?'

이 질문의 의미는, 내 스케줄이 너무 바쁘기 때문이다.

왜 바쁘냐고. 〈당신의 추억을 삽니다〉의 할리우드 개봉을 앞두고 있기 때문이다. 감독 겸 주연 배우인 내가 모든 기자회견 다 제쳐두고 빠질 수는 없는 노릇이니 내 스케줄을 소화해야 한다. 더군다나 일주일 차이로 한국 개봉도 앞두고 있기에, 미국 일정 직후에, 곧바로 한국도 다녀와야 한다.

"잠시만요."

충분하냐는 박진우 연출의 질문에 곁에서 조용히 우리 대화를 듣고 있던 재익이 형이 나 대신 대답했다.

"네. 2주면 충분합니다."

"……음, 그렇다고 하네요. 부탁드리겠습니다."

"아, 물론이죠. 다른 문제도 아니고, 영화 개봉 때문인데 당연히 다녀오셔야죠. 2주 안에만 오시면 문제없을 듯합니다. 돌아오시기 전까지 모든 촬영 준비 끝내놓겠습니다."

"네."

나는 숙소로 돌아오자마자 욕조에 물을 받고 간단하게 몸을 헹군 후 욕조에 몸을 담갔다. 그리고 맥주 한 캔을 따 목을 축였다. 시원한 청량감과 뜨끈한 욕조 물 덕분에 피로가 싹 풀리며 노곤노곤한 기분이 들었지만 그것도 잠시.

"아……."

앞으로의 스케줄을 생각하자면, 머리가 지끈거린다.

쓸모없는 행사 스케줄을 잡는 것도 아니고, 꼭 필요한 제작발표회나, 기자간담회만을 잡았을 뿐인데도 쉴 틈이 없다. 잘나가는 아이돌은 서울에서 일본. 일본에서 부산. 부산에서 서울로. 하루에 비행기를 서너 번씩 타며, 스케줄이 분당으로 쪼개진다고 한다. 나는 비록 아이돌은 아니지만, 스케줄은 유명 아이돌 못지않게 타이트하다.

'2주 동안 비행기를 몇 번 타는 거야.'

호주에서 미국으로. 미국에서 한국으로. 다시 미국으로. 장시간 비행기를 탈 생각에 벌써 몸이 근질거린다.

내 고민을 재익이 형이 들었다면, 아마 이렇게 말하겠지.

'다 네 욕심 때문이지 뭐.'

맞는 말이다. 작년에 준비했던 영화들. 또 올해 준비한 작품들의 숫자가 워낙 많기에 어쩔 수 없다.

나는 확실히 다작(多作)하는 편에 속한다. 이렇게 다작이 가능한 이유는, 널뛰기(두 개의 촬영장을 오간다) 촬영이 가능한 작품들만 골라내고, 거기다 대본을 외울 필요가 없는 내 능력 때문이지만. 지금 돌이켜 보면, 정말 쉴 틈 없이 달려왔구나 싶다. 아마, 이 원동력이 내 콤플렉스 때문이 아닐까. 연기를 하고 싶어도 하지 못하던, 불과 몇 년 전이 떠올라서. 그 과거를 잊고, 새롭게 '나'라는 가치를 세탁하고 싶은 이기적인 마음.

소크라테스는 바쁜 삶의 허망함을 경계하라고 했는데…….
앞으로는 좀 줄여야겠다는 생각이 든다.

나는 욕조에서 몸을 일으켜 가운을 입은 채 그대로 침대에 쓰러지듯 누웠다.

……푹신해. 눈이 스르르 감긴다. 이대로 잠들고 싶지만.

꿈뻑꿈뻑.

호텔 시계가 눈에 들어왔다.

벌써, 비행기 이륙 시간까지 네 시간도 남지 않았다.

··· 4장 ···

영화의 땅, 중심에서

퍼스트클래스의 가장 좋은 점은, 역시 누울 수 있는 침대가 있다는 점이 아닐까.

호주에서 미국으로 향하는 비행기에서는 죽은 듯이 잠만 잤다. 미국에 도착해서도 겨울잠 자는 곰 마냥 차에서 내리 잠만 잤고, 집에 도착해서도 시차 적응을 위해 잠만 잤다.

이렇게 내리 잠만 자고 싶지만.

"출발하자."

스케줄이 허락하지 않는다.

빌, 경호원 둘, 재익이 형, 영미 씨. 다섯 명의 식구들과 함께 할리우드 활동을 하며 몇 번 들른 적 있는 한 호텔의 프레싱 섹션으로 들어섰다.

재익이 형이 말했다.

"취재 요청하는 곳이 너무 많아서 하나로 합쳤어. 총 열세 곳의 언론사에서 올 거야. 질문 리스트는 에이전시에서 미리 취합해서 뽑아뒀는데, 아마 공통질문 말고도 개별 질문 시간이 있을 거야. 말했듯이, 취재 요청한 곳이 너무 많거든."

재익이 형은 프레싱 존으로 향하는 길에 계속 강조했다. 나를 취재하려는 언론사가 많다고. 그렇기에 어떤 질문이 나올지 모른다고.

"알겠어요."

그래. 나는 이를 아주 잘 인지하고 있다. 기자들과의 만남은 익숙하지만, 매번 색다른 떨림이 존재한다.

하지만 이건, 마냥 좋은 떨림이 아니다.

왜냐고. '기자'들이 내게 원하는 것과 내가 그들에게 원하는 것이 언제나 같으리라는 보장은 없기 때문이다.

이들은 양날의 검이다. 아군이기도 하다가도, 어느샌가 보면 등을 돌리고 있다.

특히 〈알카트라즈〉가 할리우드의 관심을 지대하게 받고 있는 요즘 같은 시기에는 더.

아니나 다를까, 개별 질문 첫 질문부터 심기를 건드렸다.

"레오파드 비트리오와 함께 연기했다고 들었습니다. 공개적인 경쟁자 중 한 사람인데, 기분이 어떠셨나요?"

"올 하반기 최대어는 두 작품으로 리벤지 아메리카와 재회의 영화 알카트라즈가 꼽히고 있어요. 개봉 예정 시기가 겹쳐서 맞붙을 공산이 큰데, 자신 있으신가요?"

"……."

이 자리는 분명, 〈당신의 추억을 삽니다〉를 위한 인터뷰 자리다. 하지만, 죄다 〈알카트라즈〉에 관한 질문들이 튀어나왔다.

이들이 나를 찾은 이유. 대중들에게 큰 관심을 받지 못하는 한낱 '외국어 영화'보다는, 현재 할리우드를 달구고 있는 〈알카트라즈〉와 레오와의 관계에 대해 궁금했기에 나를 찾은 것이다.

'쯧. 연예계 기자들이란.'

둘 다, 내게는 소중한 작품이지만 〈당신의 추억을 삽니다〉라는 영화가, 인터뷰를 위한 '발판' 정도로 취급받는 사실에 조금 불쾌감을 느꼈다.

나는 조금 씁쓸한 얼굴로 입을 열었다.

"이 자리는 '당신의 추억을 삽니다'에 대해 이야기하는 자리입니다. '알카트라즈' 관련 질문은 받지 않겠습니다."

"……."

그러자, 장내가 조용해졌다. 짧은 일정에 다양한 곳과 인터뷰를 진행하기 위해 많은 매체를 불러모았다. 그렇기에, 더더욱 인터뷰 본연의 목적을 잊기 쉽다.

이해는 하지만, 이들의 질문에 대답해야 할 의무는 없다. 내 대답 이후에 그제야 형식적인 질문들이 오갔지만, 인터뷰는 길게 진행되지 않았다.

"잠시 쉬었다가 하시죠."

내가 휴식 시간을 요청했고, 10분의 시간이 주어졌다. 나는 찝찝한 마음으로 대기실로 가는 자리에서 조금 섭섭함을 내비쳤다.

"어딜 가나 다들 레오 이야기밖에 안 하네요."

애초에 '내 영화'에 대해 궁금한 것이 아니라. 레오와 한 판 붙는 '도재희'를 취재하기 위해 온 기자들이었다.

나를 향해 재익이 형이 말했다.

"어쩔 수 없잖아. 한국에서 다들 네 얘기밖에 안 하는 거랑 똑같은 거지 뭐."

할리우드 분위기가 우호적으로 바뀐 줄 알았다. 〈당신의 추억을 삽니다〉를 미국에서 먼저 개봉하는 것도 이런 분위기를 굳히기 위함이었다. 하지만, 아직 아니었다. 할리우드는 여전히 색안경을 끼고 나를 보고 있다.

"기분 풀어."

"기분 안 상했어요."

거짓이다. 내가 만든 자식이 '뒷전' 취급을 받는데, 속이 끓지 않는 부모가 어디 있겠는가. 한마디 해야 속이 풀리지.

휴식 시간이 끝나고 나는 프레싱 섹션으로 들어섰다. 10분의 휴식 시간 사이에 기자들이 몇몇 빠진 상태였다.

"많이 빠지셨네요."

아마, 내게서 본인들이 원하는 '떡밥'을 찾기 힘들다고 판단하고 돌아갔으리라.

"뭐, 괜찮습니다."

하지만 나는 개의치 않고 자리에 섰다.

"여기 계신 분들께 언론 시사회(언론인에게 선 공개하는 영화 시사회) 초대를 약속드립니다. 영화를 보신 후, 마음껏 자기 의견을 써주십시오."

그리고 장난스럽게 미소 지었다.

"제 영화가 마음에 들지 않으셨다면, 마음껏 욕하셔도 좋습니다."

내가 장난스러운 투로 말하자, 기자들도 덩달아 미소지으며 카메라 셔터를 눌러댔다.

"대신."

나는 여전히 여유로운 미소를 지은 채, 조금 진지한 투로 말했다.

"보기도 전에 이렇다저렇다 짐작하지 마시고. 일단 보고 얘기합시다."

보고 얘기해. '레오×도재희'보다 훨씬 재밌을지도 모르잖

아. 동양 영화는 재미없을 것이라는 편견은 버리라고.

기자들은 내 말이 경고인지, 아니면 조크인지 당최 종잡을 수 없다는 얼굴이었다.

"아시겠죠?"

자신 있다. 미국에서도, 한국에서도, 아니, 전 세계 시장에서도 이 영화가 먹힐 수 있다는 것을 확신한다. 나는 한국어로 만든 영화가, 미국에서 당당하게 성공하는 모습을 꼭 보고 말 것이다.

언론 시사회의 날이 밝았다. 오늘은 기념비적인 날이다. 내 '연출' 데뷔를 기념하는 날일뿐더러, 영화의 본고장에서 기자들에게 찰진 직구를 날리게 되는 날이니까.

"떨리지 않아?"

'직구'.

오늘, 내 영화는 평론가와 기자들 아래에서 철저하게 분석되고 자체적으로 별점이 매겨지게 되고, 이 비평과 별점은 전미 영화 사이트들에 골고루 뿌려지게 된다.

참고로 작년에 개봉한 〈7년의 기억〉의 별점은 9.4점. 내가 던지는 공이 저들에게 얼마나 치명적일지는 모르지만.

"떨리죠."

떨린다.

오늘 받게 될 평가 하나로, 여기 모여 있는 기자들이 아군이 될지 적군이 될지 가려지게 될 테니까.

상영관이 어두워지며, 영화가 시작되었다. 나는 제일 앞줄에 앉아 관람했는데 옆좌석, 뒷좌석에 앉아 있는 기자들의 반응을 살피느라 영화에 온전히 집중하지 못했다.

그 덕분에 하나는 확실히 알 수 있었다.

〈당신의 추억을 삽니다〉 할리우드에서는 'Buy your memories' 라는 제목으로 공개된 내 영화는 러닝타임 내내 기자들의 시선을 훔쳤다. 아름다운 CG에 혼을 빼앗긴 기자들에게서 '오' 하는 탄성이 수차례 터져 나왔다.

할아버지의 삶을 찾아주고픈 나. 특별한 존재인 조승희. '할아버지'라는 단어 하나로 정의할 수 없는 '인간' 설강식.

세 명의 배우가 만들어 내는 하모니는 울림이 있었다. 쥬세페 감독의 〈시네마 천국〉과 비교되는 이 영화에는, 그런 힘이 있었다.

1:1 스크린 비율에서 와이드 스크린으로 넓어지는 장면은 이 모든 하모니의 기폭제 역할을 단단히 했다.

"언빌리버블!"

상영관이라는 것도 잊은 어느 기자의 경악스러운 탄성이 튀어나올 정도로. 영화가 끝난 뒤에는 기자들에게서 이례적인 기립 박수가 터져 나왔다. 상영관 가득 울려 퍼진 박수 소리에, 나는 온몸이 부르르 떨릴 만큼 대단한 쾌감을 느꼈고, 객석 제일 첫 줄에 서서 이 박수 소리를 즐겼다.

기자들의 질문이 쇄도했다.

"믿을 수가 없어. 어떻게 신인 감독이 이런 감성을 만들 수 있는 거지?"

"완성도가 너무 높아요. 배우들의 연기력은 말할 것도 없는데 연출을 너무 잘했어요. 재희. 말해주세요. 이거, 연출 데뷔작이 아니죠?"

"보고 말하라더니, 자신감이었군. 난 10점이야."

나는 그때야 비로소 진짜 '힘'을 가졌다고 생각했다.

미국에 와서 이제껏 꽤 많은 작품을 선보였다.

〈데드 매니악 시리즈〉, 〈아다지오〉, 〈패브리케이터〉.

한국 영화인 〈7년의 기억〉까지. 이 작품들은 모두 '성공'과 인지도를 가져다주었지만, 확실한 내 '무기'가 되지는 못했다. 하지만 지금은 조금 다르다. 이 '힘'은, 나를 할리우드에서 한 단계 높은 곳으로 끌어올려 줄 것이라 확신한다.

그리고, 그건 현실이 되었다.

미국에 영화 〈당신의 추억을 삽니다〉가 공개되었다. 외국어 영화의 태생적인 한계로 처음에는 상영관이 많지는 않았다. 하지만 첫날 17개의 상영관에서 32만 4,694달러의 수익을 올리고, 상영관이 급격히 늘어나더니 개봉 1주 만에 900여 개의 상영관으로 늘어났다.

불과 900여 개의 와이드 스크린에서 1주 만에 1,500만 달러의 흥행 수익을 올렸다. 이는 〈7년의 기억〉을 한참 뛰어넘는 기록인 동시에 한국 영화가 미국에서 거두어들인 수익 1위에 올랐다.

작년 아카데미 시상식 실패 이후. 아카데미 아래에서 호시탐탐 수상을 노리던 하이에나 한 마리가 급부상했다. 이는 할리우드라는 생태계를 뒤흔드는 파괴자였으며, 이 두꺼비는 멈출 줄 모르고 커져 갔고 어마어마한 수익을 보장하게 된 내 영화는, 단숨에 상영관이 2,000여 개로 늘어났다.

별점은 9.6점을 받았다. 독립영화, 외국어영화의 흥행 신화를 새로 쓰는 순간.

미국이 이 정도인데 애초에 메인 타겟 한국은 어떨까.

난 미국 일정이 끝나기가 무섭게 한국행 비행기에 몸을 실었다. 오랜만에 방문하는 한국이다. 부푼 가슴을 안고 13시간의 비행 끝에 나는 인천공항에 도착했다.

"꺄아아아아아!"

L&K는 내 입국 소식을 교묘하게 흘렸고 나를 취재하기 위해 몰려든 취재진 100여 명과 암암리에 입국 소식을 접하고 우르르 몰려든 팬들 때문에 공항이 북새통을 이뤘다.

"재희 씨! 한국 팬들과 오랜만에 만나셨는데요! 기분이 어떠십니까!"

"미국행 이후 놀라운 행보를 이어가고 계신데요! 레오와의 관계에 대해서 많은 팬들이 궁금해하고⋯⋯."

인터뷰는 간단명료하게. 용건만 간단히. 오래 지체할 시간은 없었다. 곧바로 회사로 들어갔다가, 시간 맞춰 제작발표회를 진행해야 하기 때문이다.

"와, 반응 장난 아니네. 무슨 종교네, 종교야."

"어, 팀장님!"

"후후, 재희 오랜만이다."

박찬익 팀장이 나를 직접 기다리고 있었고, 곧바로 차에 올라 L&K 사옥으로 향했다.

하지만.

"도 배우님! 한마디만 부탁드립니다!"

L&K 사옥 앞에도 취재진들이 장사진을 치고 있었다.

"하이고, 여기도 난리네. 레오 때문인가?"

재익이 형의 말에 박찬익 팀장이 말했다.

"몰랐어? 한국 팬들 커뮤니티에서 짤로 엄청 돌아다닌다고.

레오 대 재희. 여기서도 반응 장난 아니야."

레오와의 이슈는, 한국에서도 난리였던 모양새다.

"나중에 제작발표회 때 다 이야기하겠습니다."

취재진들을 피해 회사 로비로 들어서자 L&K 정문 로비에 버선발로 나를 기다리는 두 명의 남자들과 마주쳤다.

이무택 대표와 권우철 대표였다.

"재희야!"

둘은 명절날 1년 만에 만난 '손주'마냥 반겨주었고, 대표님들과 함께 대표실로 이동해서야 한숨 돌릴 수 있었다.

"오느라 정말 고생했다."

"휘유, 무슨 사람들이 그렇게 많은지."

온도가 달라졌다.

"허구한 날 기사가 나온다니까. 재희는 미국에 있는데 한국에서 차기작을 한다는 얘기는 도대체 왜 나오는 거야?"

활동은 미국에서 하는데, 한국의 반응이 더 뜨거워졌다.

"재희는 요즘, 국가대표 수준이지."

권우철 대표님의 말마따나, 해외 활동을 국내 팬들에게 응원받는 느낌이랄까.

"소식 들었다. 미국에서 영화 대박 난 거."

이무택 대표의 입이 귀에 걸렸다. 〈당신의 추억을 삽니다〉에서 투자 지분이 가장 큰 기업 중 하나가 L&K다. 미국에서의 성공으로 회사는 어마어마한 돈을 만지게 되었다. 그건 나 역시 마찬가지.

그리고 한국 시장도 남아 있다.

"N포탈에서 '당신의 추억을 삽니다' 예고편 조회 수가 몇인 줄 알아? 100만이야, 100만. 이건 개봉한 지 몇 년 지난 영화 조회 수라고."

"최소 천만부터 시작하지 않겠어?"

"천만뿐이겠어요? 최초로 이천만 돌파하는 느낌 아닙니까? 한국인 감성에 딱 맞잖아요."

한국 시장에 딱 맞는, 웰메이드(wellmade) 영화.

만약, 이 영화로 천만을 돌파하게 되면 나는 3연속 천만 배우가 된다. 그리고 전무후무한 연출, 배우를 동시에 해내며 천만을 획득한 영화인이 된다.

이거, 가능한 일일까.

얼떨떨하기도 했지만, 나는 가볍게 미소 지었다.

"가능하죠."

가능하다. 매일 매일 미국에서 신기록을 달성하는 놀라운 경험을 하지 않았던가.

한국 팬들에게 뜻깊은 선물이 될 것을, 의심하지 않는다.

오래전 찍은 영화를 개봉하는 일은 마치, 어릴 때 묻어둔 타임캡슐을 꺼내는 어른의 마음과도 같다.

아, 그때는 그랬지. 이렇게 찍었었지.

극장에서 관객들과 함께 영화를 지켜보고 영화를 촬영하던 때의 감성을 끄집어낸다.

한국 제작발표회. 시사회.

미국시장에서 개봉할 때 마음 졸였던 때와는 정반대로, 한국에서는 온전히 영화에 집중해서 본 것 같다. 이는, 이 영화에 함께 출연해 준 조승희와 설강식도 마찬가지.

"와."

미국에서 후반 작업을 마쳤기 때문에, 조승희와 설강식 선배님은 영화를 한국에서 처음 보셨는데 이들은 영화 상영 내내 연신 울고 웃으시더니, 엔딩 크레디트가 올라가자마자 내 어깨를 두드려 주었다.

"고생했어. 도 감독."

설강식 선배님은 본인이 출연한 영화가 맞나, 싶을 정도로 얼떨떨해하셨고 조승희는.

"내가 시나리오 보는 눈이 나갔다는 팬들한테 한마디 할 수 있겠어. 이걸 보라고."

이제껏 팬들에게 먹었던 '욕'을 단박에 날려 버릴 기회를 잡았다고 기뻐했다.

그래. 조승희는 시나리오를 아주 제대로 보았다.

자, 이제 평가만이 남았다. 그리고 그 평가는, 정식 개봉 첫 날 A+ 성적표를 받아 들었다.

"우와! 대박!"

오프닝 스코어 71만 명. 한국 역대 최고 기록이던 67만 명을 가뿐하게 넘어선 수치. 호랑이 등에 제대로 날개가 달렸고, 승승장구하던 L&K 사옥이 축제 분위기로 바뀌었다.

"1위! 신기록입니다!"

매니저, 스타일리스트, 홍보팀 너 나 할 것 없이 휴대폰을 들고 일제히 흥분했으며, 복도와 휴게실로 몰려들었다. 온라인 반응도 매우 호의적이었고, 예매율 1위로 한동안 이 독주를 막을 영화는 없어 보였다.

"이렇게 되면, 올해 연말 시상식 싹쓸이 아닙니까?"

유독 한국 영화가 부진했다는 올해. 혜성처럼 등장한 영화 한 편은 시상식 '올 킬'이라는 기대감을 주기에 충분했고.

아주 자연스럽게.

"그럼, 남우주연상은 누가 받지?"

대종상 남우주연상 수상자가 설강식, 조승희, 도재희 셋 중 누가 될 것이냐는 추측에 불이 붙기 시작했다.

"당연히 재희지!"

L&K에서는 압도적으로 나를 지지했으나, 몇몇 신중한 매니저들은 조승희나 설강식의 우세를 점쳤다.

"설마 3년 연속 주겠어?"

연기력은 그 누구도 논란이 없을 만큼 훌륭했던 데다, 내가 2년 연속 받았으니 3년은 주지 않지 않겠냐는 추측.

뭐가 되었든.

"이제는 재희 세상이야."

작년에 시작했던 조승희라는 왕좌를 빼앗기 위한 이 행보도 올해 끝이 난다. 말마따나, 내 세상이다.

미국 스케줄 때문에 잠시 막아두었던 스케줄이라는 이름의 댐이 무너졌다. 예능, TV쇼, 라디오, 광고, 패션모델. 가릴 것 없이 들어오는 스케줄들 속에서 L&K는 즐거운 비명을 질렀지만.

"밤 비행기지? 하루면 충분해. CF 촬영하고 비행기 타도 스케줄상 늦지는 않거든."

"죄송해요. 좀 쉬고 싶어요."

광고료로 10억 이상이 측정되었지만 나는 스케줄 대신, 가족과의 휴식을 택했다.

"아, 재희 네가 원하는 대로 해야지."

영화도 무사히 개봉했고, 곧 미국으로 돌아가야 한다.

출국 전날까지 일하고 싶지는 않다. 내게 필요한 것은, 휴식이다.

나는 모처럼 오랜만에 사당동 집에 도착했다.

한국은 여전하다. 〈청춘열차〉, 〈피셔〉를 통해 번 돈으로 힘겹게 구했던 투룸 오피스텔 전세방도 여전하고, 사당동에 있는 내 본가도 여전하고.

"아들."

어머니, 아버지도 여전하다.

몇 년 전에 〈청춘열차〉 데뷔 소식을 듣고 아이같이 좋아하셨던 어머니의 얼굴과 지금, 한국에서 가장 유명한 배우가 되어가는 나를 바라보는 어머니의 얼굴이 묘하게 겹쳐진다.

"왔니? 밥은?"

"아직이요."

내 대답에 어머니가 장난스럽게 웃어 보였다.

"그래? 어서 들어와. 밥 먹게."

그때의 나와, 지금의 나는 다르지만.

나를 바라보는 어머니의 얼굴은.

"또 언제 볼지 모르는 아들내미 밥은 먹이고 보내야 내 속이 편하지."

"푸흡. 네."

역시, 한결같으시다. 내가 〈청춘열차〉로 얼굴을 막 알리기 시작한 신인배우인지, 세계에 이름을 알리고 있는 할리우드 스타던지 어머니에겐 아무런 상관이 없다.

"저녁 먹자."

그저, 아들.

언제나 한결같으신 우리 어머니는 상다리가 휘어질 정도로 저녁상을 준비하셨고, 이렇게 말씀하셨다.

"재익 씨는 어디 계셔? 아직 멀리 안 가셨겠지?"

"재익이 형이요? 네, 아마도. 집 가까운 스탭들 내려주고 있을걸요."

"잘됐네. 그럼 같이 밥 먹게 얼른 불러. 전부다."

"네? 여섯 명도 넘는데요?"

매니저 한 명도 아니고 한국에 오면 나를 따라다니는 스탭이 여섯 명도 넘는다. 경호원을 포함하면 여덟 명. 밴 한 대로도 모자라 축제 차 한 대가 더 따라다닌다.

그런데도.

"괜찮아. 이 기회 아니면 언제 밥 한번 먹이겠니?"

어머니는 끝내 스탭들에게 밥 한 끼 먹이겠다는 의지를 강하게 어필하셨고, 결국 나는 재익이 형에게 전화를 걸었다.

재익이 형은 아직 멀리 가지는 못한 듯 전화가 끝나자마자 함께 움직이던 스탭들을 데리고 10분도 지나지 않아 집에 도착했다. 그 짧은 시간 사이에 손에는 과일 바구니가 하나 들려있다.

"안녕하세요! 어머님!"

"어서들 와요. 아, 뭐 이런 걸 다 사 왔어요?"

우리 집은 넓지 않다.

아버지는 평범한 회사원이시고, 어머니는 평범한 주부. L&K 사내 기숙사 생활을 하기 전에는 나까지. 세 사람이 살던 그저 평범한 주택. 30평 내외의 특별할 것 없는 공간.

"우와, 냄새 좋다!"

"어머니! 몇 달 사이에 피부가 더 좋아지신 것 같아요."

하지만 오늘, 조금 특별해졌다.

우리 집이 이렇게 시끌벅적하던 때가 있던가.

이런 곳에 남자 셋, 여자 다섯. 여덟 명의 사람이 들어서자 안 그래도 좁은 집이 복작복작해졌다. 집에서 쓰는 4인용 테이블에 모두가 앉을 수가 없어 결국 거실에 상하나를 더 펼쳤다.

메뉴는 어머니가 직접 만든 소갈비와 찜닭.

"자! 맛있게 먹어요!"

"우와! 잘 먹겠습니다!"

"미국에서 아들이랑 같이 고생하는데. 언제 밥 한번 먹이고 싶었다니까."

"우음, 정말 맛있어요, 어머님."

어머니는 단순히 집에 놀러 온 손님이 아니라, 나를 챙겨주는 사람들 모두를 가족이라는 마음으로 아들, 딸처럼 대하셨고.

"다들 맛있게 먹으니, 이제야 속이 좀 후련하네."

어머니는 이제야 마음이 편하신 듯 활짝 웃으셨다.

기분이 묘해진다.

이렇게 시끌시끌한 자리를 어머니가 좋아하셨던가.

모르겠다.

지금 생각해 보니, 하나뿐인 아들이 곁에 자주 있지도 못하고 홀로 타지 생활하는데 어머니가 조금 외롭지 않으실까 하는 생각이 들기도 한다.

한국에서 외롭지 않으시냐, 미국에 같이 넘어가서 사는 것은 어떠냐는 재익이 형의 질문에.

"TV 틀면 매일 아들 얘기뿐인걸."

이렇게 대수롭지 않게 말씀하기도 하셨지만, 아무래도 아닌 것 같다.

"재익 씨. 아들이랑 매일 붙어 있죠?"

어머니의 질문에 재익이 형이 황급히 입에 있는 음식을 삼키며 답했다.

"우읍. 네. 그럼요. 미국에서는 24시간 붙어 있습니다."

"만나는 여자는 없어요?"

"푸흡!"

돌발 질문에 재익이 형이 입을 가리고 헛기침을 했다.

"예? 저요? 어, 없어요!"

"아니, 재익 씨 말고. 우리 아들."

"……아."

재익이 형은 자신에게 한 질문이 아닌 것을 뒤늦게 파악하고 얼굴을 붉혔다.

"재익 씨가 왜 민망해하고 그래?"

"……."

어이, 이봐요. 형이 얼굴은 왜 붉히는 건데.

그때, 어머니가 나를 똑바로 바라보며 말씀하셨다.

"아들. 여자 친구 없어?"

"네? 없어요."

"그래? 스타면 뭐하니? 서른 넘도록 연애도 못 해봤는데."

"……."

어머니가 가슴에 비수를 아주 제대로 꽂으시는데.

너무 아프잖아.

어머니는 이런 내 반응이 재미있는 듯 빙글빙글 웃으시면서 말씀하셨다.

"내가 외로울까 걱정돼? 그럼 여자 친구 데려와."

"크흡."

"흠흠."

아, 어머니. 여자 친구라니.

"어머니. 재희처럼 여자 문제 깔끔한 친구는 보기 힘들어요."

어머니는 눈을 게슴츠레하게 뜨며 말씀하셨다.

"그래요? 조금 덜 깔끔하면 어때요. 이제 서른이 넘었는데.

설마, 회사에서 연애 못 하게 막는 건 아니죠?"

재익이 형은 웃음기를 지우고 황급히 손사래를 쳤다.

"그럴 리가요. 저희는 재희가 원하는 건 모조리 다 할 수 있도록 지원을 아끼지 않습니다. 확실히 말씀드릴 수 있는데. 이건, 재희가 안 하는 거라고요."

"으음. 그래요?"

어머니는 게슴츠레한 눈을 거두시고는 내 쪽을 흘깃 쏘아보셨다.

"왜 그런데요?"

"……."

아, 어머니.

어머니는 자신에게 필요한 것은 며느리라고 강조하셨다.

아무래도 다른 의미로 외로우신 것 같지?

"마음에 드는 여자 있으면 확! 응? 알지?"

"아, 몰라요."

"푸하!"

어머니의 폭탄 발언에 주변에서 조용히 듣고 있던 스탭들이 키득키득 웃기 시작했다.

어이, 다 들려요.

"아무튼, 우리 아들 좀 잘 부탁드려요. 촬영 끝나면 자유시간도 주고 그래요. 알아도 모른 척. 알죠?"

"그럼요. 저도 재희가 연애 좀 했으면 좋겠습니다."

"……."

이거, 한국 들어와야겠는데.

시간은 빠르게 흘렀다. 나는 미국으로 돌아왔고, 영화 〈알카트라즈〉의 LA 촬영이 진행되었다.

메인 촬영지는 하이마운트 픽처스의 오픈 세트장. 7, 8월의 무더운 여름을 촬영으로 보내는 사이 〈당신의 추억을 삽니다〉는 제대로 훨훨 날았다.

미국에서는 총 상영관 2,000개와 수익은 5천 4백만 달러 이상을 벌어들이는 기염을 토했다. 이는 할리우드에서도 매우 이례적인 기록이었다. 단숨에 할리우드를 집어삼키며 '외국어영화상' 차기 후보로 거론되었고, 일각에서는 이만한 작품이 없다는 이야기가 돌았다.

그리고, 한국에서는.

[〈당신의 추억을 삽니다〉 개봉 11일 만에 천만 관객 돌파! 역대 최고.]

[〈당신의 추억을 삽니다〉 개봉 3주 차 1,700만 돌파.]

[한국 영화 최다관객 신기록 갱신까지, 앞으로 50만.]

[돌파! 한국 영화 사상 최대 관객! 1,820만 종합.]

1,820만이라는 경이적인 스코어를 기록하며 영화가 마무리 되었다. 1,820만 명. 한국 역대 최다 관객 수 1위를 갱신한 역사적인 작품이 된 순간. 한국인에게 딱 알맞은 입맛의 영화가 시장 저격에 제대로 성공했다.

"올해 한국 영화가 극장가에서 유독 힘을 못 썼거든. 한국 영화팬들한테는 한 줄기 빛이었다고 할까?"

한국 영화계의 한 줄기 빛이 된 작품.

확실히 이 라인업은 쉽게 볼 수 있는 라인업이 아니지.

"지금 한국은 난리야. 누가 연기를 잘했네, 누가 별로였네. 몇몇 커뮤니티에서는 자기들끼리 투표도 한다니까?"

팬들이 직접, 왕좌를 가리고 있다. 신뢰할만한 정보는 아니지만, 내가 압도적인 1위를 달리고 있다고 한다.

이 작품을 통해, 작품을 보는 눈이 없다며 네티즌들의 타깃이 되었던 조승희는 '역시 조승희'라며 명예 회복에 성공했고 설강식 선배는 명불허전 최정상의 연기파 배우로 군림했다.

그리고 나는 그야말로, 물 만난 고기처럼 인지도가 날뛰었다.

[도재희 3연속 대종상 남우주연상 후보?]
[올해는 '도재희의 해' 감독과 배우, 두 마리 토끼를 다 잡다.]

[설강식, 조승희, 도재희. 남우주연상 삼파전. 연예계 왕좌는 누구에게?]

3연속 남우주연상. 그리고 3연속 천만 배우.
이 전무후무한 기록을 정조준한다.
미국도 별반 다르지 않다.

[올해 최고의 영화 중 하나. 할리우드 감독들의 극찬이 이어지다.]
[세기의 명장, 오웬 형제. "우리는 다시는 저런 영화인을 만나기 힘들 것."]

내 영화의 성공으로, 지금 이 순간에도 시시각각 변화하는 할리우드 분위기에 정신이 없었다.

-이번 주 '헤이첼의 무비 쇼'에서는 미국 데뷔 불과 2년도 채 되지 않는 짧은 시간 동안, 할리우드에서 가장 주목받는 배우가 된 도재희를 집중적으로 분석했습니다.

연출과 배우를 병행하며 어메이징한 성공을 거둔 이력은 확실한 내 무기가 되었다.

-재희를 처음 본 때가 3, 4년 전 선댄스에서였죠. 그 친구의 재능을 저는 한눈에 알아보았습니다. 그 친구는 자격이 있어요.

-제가 '아다지오'의 뮤직 프로듀서로 참여했을 때, 가장 바라던 점 하나는. 제 노래에 어울리는 배우를 만나고 싶었다는 점이죠. 그런데, 그게 재희였어요. 재희는, 제가 만들었던 노래를 100% 소화해 주었어요.

조셉 이든 캣맨, 엘라니 오코너.

나를 사랑하는 스타들은 인터뷰에 자발적으로 참여하며 내 인지도에 기름을 부어주었고 내 이름이라는 장작은, 할리우드 중심에서 아주 활활 타올랐다.

나는 기사의 제목 말마따나, 올해 가장 정신없는 한 해를 보냄과 동시에, 이례적인 내년을 준비하고 있다.

한국에서의 대기록, 아카데미 남우주연상 수상. 이 두 가지를 해낸다면.

"끝나는 거지!"

내 짧고도 긴 할리우드행이 끝나는 거다.

"월드 스타 도재희. 너무 흥분된다. 후. 그럼, 알카트라즈 이후 차기작은 어떻게 할까?"

그 이후에는?

이제 내게 남은 선택지는 두 가지. 한국으로 돌아가거나, 미국에 남거나. 하지만 이 선택에는 '수상 결과'라는 전제 조건이 붙는다.

"잘 모르겠어요."

즉, 내년 3월 초까지는 그 어떤 것도 결정할 수 없다.

내년에 내가 수상하지 못한다면 미국에 남아야 하나?

아니면, 패잔병처럼 한국으로 돌아가야 할까?

아카데미 결과에 따라 달라지겠지.

"일단, 시나리오 좀 볼래?"

〈알카트라즈〉 촬영이 막바지에 달했다. 재익이 형은 으레 그렇듯, 작품이 끝나고 차기작에 대한 갈증이 달하는 시기에 내게 두툼한 시나리오 뭉치를 건네주었다.

"알카트라즈 효과인가 봐. 아직 개봉하지도 않았는데, 이제껏 동양인들이 맡아본 적 없는 비중 있는 역할도 있어."

"……."

나는 조용히 시나리오들을 바라보았다.

자꾸만 옛날 생각이 난다.

데뷔도 하지 못하던 몇 년 전 저렇게 한데 모여서 작품의 '주인'을 기다리는 책들을 보며 상상에 빠져들고는 했다.

아주 간절한. 저 작품의 주인이 되고 싶다고. 온전히 내 작품을 만나고 싶다는 바램.

하지만 그 간절함이 조금 시들었을까.

나는 대본들을 받아들지 않았다.

"형, 저 잠시 쉬고 싶어요."

아니, 시들지 않았다. 앞만 보고 달려왔으니, 차기작은 잠시 접고 주변을 좀 둘러보면서 조금 쉬어가고 싶은 거다.

내 말에 재익이 형이 고개를 끄덕였다.

"잘 생각했어. 좀 쉴 때도 되었지."

조금 쉰다고 문제는 없다. 아직 공개할 작품은 많으니까.

〈알카트라즈〉의 촬영이 모두 끝났다. 으레 그렇듯, 쫑파티를 진행하고, 술에 잔뜩 취하고, 차기작에 들어갈 준비를 하겠지만 이번에는 조금 다르다.

나는 〈알카트라즈〉 촬영이 끝남과 동시에 베벌리힐즈 숙소에 눌러앉아 휴식을 취했다. 빡빡하게 돌아가던 촬영 스케줄에서 해방되자 영미 씨가 몸이 근질근질하다는 듯 입을 열었다.

"그러니까, 9월 한 달 동안은 한량이라는 거네요."

"한량이라니. 쉬는 게 얼마나 중요한데. 왜 스포츠 선수들에게도 '휴식기'라는 게 있잖아."

"아아."

그래. 나도 일종의 '휴식기'를 맞이했다. 시상식이 있는 연말까지 약 두 달간의 공백기. 기왕 쉬기로 한 거, 한국으로 돌아가 쉬고 싶지만 그럴 수는 없다. 촬영만 없다뿐이지 할리우드에서의 스케줄이 모두 끝난 것은 아니기 때문이다.

〈알카트라즈〉의 후반 작업도 염두 해둬야 하고 〈데드매니악〉 시즌2도 현재 방영 중이다. 거기다, 〈쓰나미 인 캘리포니아〉도 개봉을 앞두고 있다.

근데 이거, 휴식이 맞긴 맞나?

쉬는 것도 아니고, 일하는 것도 아니고 뭔가 애매한데.

영미 씨가 늘어지듯 기지개를 켰다.

"으으! 그래도 지루한데."

하지만, 그때.

절대 지루하지 않을 연락 하나가 도착했다.

[섬으로 초대하지.]

레오에게서 온 연락이었다.

··· 5장 ···

바하마에서

섬. 할리우드 스타들의 고상한 취미 중 하나가 '섬 수집'이라는 이야기를 들은 적이 있다. 적게는 수십억 원대부터 많게는 100억 원대를 호가하는 섬을 구입하는 것인데, 이는 대부분 투기를 위한 목적이 아니다.

호텔과 골프장을 짓고 스케줄 없는 공백기에 찾아가 다른 사람들의 시선을 피해 온전히 혼자만의 자유로운 휴식을 취하기 위해서다.

내게도 일전에 에이전트 빌이 은근슬쩍 알려준 정보가 있다. 피지에 괜찮은 매물이 하나 나왔는데, 생각 있냐고. 24시간 파파라치가 따라다니는 할리우드 스타들에게는 이미 유행이고, 아마 좋은 취미가 될 것이라고.

하지만 휴식 기간엔 맛있는 음식을 먹고 술을 마시고, 어지간하면 집 밖으로 나가질 않는 내게는 생소한 문화라 거절했다.

돈도 써본 사람이 잘 쓴다. 내 통장에 몇백억이 들어 있건, 그 생각에는 변함이 없다.

이런 내게, 자신의 '섬'에 놀러 오라는 레오의 제안.

"레오 그 사람도 리벤지 아메리카 촬영 끝났으니 쉬나 보네. 한가하게 섬에서 요트 타고 골프나 치고. 팔자 좋다."

이를 어떻게 받아들여야 할까.

"그런데 너를 왜 초대해? 그 사람, 너 싫어하는 거 아냐?"

재익이 형은 의도를 모르겠다는 듯 머리를 긁적였다.

이는 영미 씨도 마찬가지.

"섬 자랑이라도 하고 싶은 모양이죠, 뭐."

"……"

나는 아무 말 없이 나를 초대한 날짜를 주목했다.

앞으로 2주 뒤. 10월 12일. 대중들에게 〈알카트라즈〉의 메인 티저 예고편과 캐릭터 티저 영상이 공개되는 날이다.

그 말은? 나와 레오의 게임이 시작되는 날이기도 하다. 나와 레오, 둘을 위한 게임. 이를 라이브로 함께 지켜보자는 의미인 것 같다.

"갈 거야? 단순히 둘이 서핑이나 하자는 이유는 아닌 것 같은데."

나는 아주 당연하다는 듯 고개를 끄덕였다.

"가야죠."

그의 일그러질 그의 얼굴이 기대되는걸.

〈데드 매니악〉 시즌2는 전미 1위라는 명성에 걸맞는 시청률을 또다시 입증했고, '시즌 1, 2'는 아시아를 포함한 전 세계 120개국으로 퍼져 나갔다. 내가 주연급으로 활약한 시즌2에 대한 반응은 특히 한국에서 열렬했는데, 〈데드 매니악〉 제작팀에서는 홍보차 방한 일정을 꾸려야 하는 것이 아니냐는 얘기가 나올 정도로 관심이 지대했다.

하나의 드라마가 흥행하면, 스케줄은 그만큼 다양해진다. 토크쇼 같은 방송을 제외하고도, 드라마 이름이 전면에 붙는 소아 환자를 위한 기금 행사라든지, 함께 발매되는 OST를 지원 사격할 콘서트 행사에도 참여하고, 영화 관련 행사들에는 얼굴을 비춰주는 것이 관례다.

나는 바쁜 촬영 일정으로 미뤄두었던 행사들을 줄기차게 다니며 할리우드에서 저명한 영화인들과 만남을 가졌다.

그런데, 여기서 조금 재미있는 사실은.

"오, 재희. 여기서 벌써 만났네요? '그날' 만나게 될 줄 알았는데."

"네?"

처음 보는 영화 관계자들이, 마치 나와 약속이라도 잡혀 있는 것처럼 굴었다는 것이었다.

'그날'이라니. 이게 무슨 말인가.

나는 조심스럽게 물었다.

"죄송합니다. 저와 약속이 있으셨던가요?"

"음? '바하마'에 가기로 한 것, 아닌가요?"

"……"

아. 나는 '바하마'라는 단어에 아차 싶었다. 바하마는 중앙 아메리카의 쿠바 북동쪽 카리브해에 위치한 작은 섬나라. 이게 중요한 것이 아니고 바하마에 있는 '델케이'라는 섬의 주인이 바로 레오다.

"…… 맞습니다. 그런데, 그걸 어떻게……."

"저도 초대받았으니까요. 아, 모르셨구나."

"……"

이거, 아무래도 단둘만의 잔치가 아니었던 모양새다. 이런 이야기는 아주 비밀스럽게 오가는 듯했지만, 할리우드 전반에 골고루 퍼져 있었다.

초대 대상은 기자를 제외한 대형 영화인들과 할리우드 스타, 팝스타 및 스포츠 스타들. 내가 행사를 통해 만났던 사람들 중에서 남녀노소를 불문하고 '최상급' 대우를 받는 스타들은 대부분 이 초대를 받았다. 개중에는 나와도 각별한 벤자민 찰리와 조셉 이든 캣맨, 엘라니 오코너도 포함되어 있었다.

레오가 주최하는, 할리우드 연말 샴페인 파티.

"바하마에서 아주 진탕 놀아보자고!"

초대받은 이들은 이를 아주 '영광'스럽게 생각하는 듯 보였다. 그리고 아주 익숙하게 생각했다. '섬'과 '파티'를 사랑하기로 유명한 레오의 초대는 일상적인 듯했으니까.

하지만, 내게 보낸 초대장도 과연 일상적일까? 모르겠다.

"초대받은 사람이 많다, 이거지?"

재익이 형은 여전히 골치 아프다는 투로 말했다.

"사람들 잔뜩 불러모아서 저 사람들 앞에서 공개적으로 망신 주려는 속셈은 아니겠지?"

"그렇지는 않을 겁니다."

나는 감독과 배우. 두 마리 토끼를 모두 잡으며 할리우드 영화사에 이례적인 기록을 쓴 거물이 되었다.

이는, 레오 역시 잘 인지하고 있을 것.

"아마, 제가 보고 싶었나 보죠."

내 일그러진 얼굴이 보고 싶을 것이다. 나도 그 때문에 '호랑이 굴'로 들어가는 것이고.

할리우드에 새롭게 개관하는 MK 오픈 스튜디오 행사에서 초청 배우 도재희의 손바닥 도장을 찍는 행사를 끝으로 10월 둘째 주가 되었다. 그리고 바하마 섬으로 향하는 날이 왔다.

"알카트라즈 티저 영상 공개 시간이 언제죠?"

"오전 열 시. 나소(Nassau)에 도착하면 공개되었겠는데?"

우리는 LA에서 비행기를 타고 마이애미로 이동했다.

바하마는 지도상 마이애미 바로 아래에 있다. 마이애미에서 비행기를 경유한 우리는 오래 걸리지 않아 바하마 제도의 제1의 항구도시이자 미국인들에게 쾌락의 섬이라 불리는 나소에 도착했다.

"으아."

긴 비행을 마치고 도착하니. 이미, '캐릭터 티저 영상'은 하이마운트 픽쳐스 공식 홈페이지를 더불어 온갖 검색 사이트에 올라간 상태였다. 그리고 실시간으로 '좋아요'를 의미하는 하트 표시가 올라가고 있었다.

게임이 시작되었다.

영화 〈쓰나미 인 캘리포니아〉는 '재난 영화'다. 이 재난 영화 속의 파괴된 대도시의 이미지들과 극명한 반대를 이루는 나소의 작고 아름다운 풍경은 한눈에 나를 사로잡았다.

"우와."

700개의 크고 작은 섬으로 이루어진 제도. 바하마.

투명한 바다. 아기자기한 건물. 1년 365일 따뜻한 곳.

할리우드 스타들이 왜 이곳에 환장하고 수십 수백억을 들여 섬을 사서 겨울 휴식기만 되면 찾아오는지, 조금은 알 수 있었다.

재익이 형이 얼빠진 얼굴로 중얼거렸다.

"재희야. 너도 섬 하나 사라."

"……"

물론, 소장하고 싶다는 욕구보다는 이런 아름다운 절경에 흠뻑 빠지는 정도일 뿐이지만 나와 재익이 형이 공항에 도착하니, 익숙한 얼굴의 남자를 만날 수 있었다.

"어, 저기 있네."

누군가 했더니, 일전에 〈알카트라즈〉 촬영 때 보았던 레오의 에이전트였다. 그는 선글라스를 끼고 'Go to Dell-K'라고 써진 피켓을 들고 우리를 기다리고 있었다.

아, 나뿐만이 아니라 세계 각지에서 날아온 손님들을 기다리고 있는 것이겠지만.

에이전트는 나를 보더니 손을 흔들어 보였다.

"여깁니다!"

내가 다가가자 그는 음침한 미소를 날리며 악수를 청했다.

"와주셨군요. 레오가 무척이나 기뻐할 겁니다."

정말 기뻐할까? 정말로?

하지만 따져 묻지는 않았다.

"아, 네."

"공항 앞에 차량을 준비해 뒀습니다. 차를 타시면 항구까지 안내받으실 겁니다. 아, 그리고 이것도 받으십시오."

에이전트가 건넨 것은 일종의 '티켓'이었다.

"항구에서 전세 여객선 한 대가 있습니다. 그렇다고 아무나 탈 수는 없는 배죠. 저희를 위한 배입니다. 선장 이름이 바로 레오죠."

레오가 소유한 호화 여객선. 이들이 향하는 곳은, 레오 소유의 향락의 섬 '델 케이' 아일랜드.

"파티! 배에서부터 즐기시면 됩니다."

에이전트는 과장된 몸짓을 하며 말했다.

그리 호감 가는 사람은 아니라, 나는 사무적으로 고개를 끄덕이고는 그를 지나쳐 걸었다.

곁에 있던 에이전트 빌이 다가와 말했다.

"왜 저번에 레오가 기자들 이용해서 재희를 공격했던 때 있죠?"

"네."

"그거 저 사람이 꾸민 짓일 겁니다. 할리우드에서도 손속이 안 좋기로 소문난 에이전트입니다."

역시. 어쩐지 인상이 안 좋더라니.

빌은 걱정스러운 투로 말했다.

"오늘 재희를 부른 것도, 어쩌면 저 사람 머릿속에서 나왔을 지도 모릅니다. '알카트라즈' 촬영 때 호주에서 있었던 일을 빌 미로, 재희에게 무슨 짓을 벌일지 몰라요."

무슨 짓? 아무리 대단한 에이전트라도 그가 이곳에서 나를 '쪽' 줄 일은 없을 것이다. 아니, 전제부터가 틀렸다.

"저 사람이 저를 부른 게 아닙니다."

"네?"

"오늘은 레오가 저를 부른 겁니다. 확실해요."

내 단호한 어투에 빌이 되물었다.

"……그렇게 생각하시는 이유라도 있나요?"

"나중에 알게 되실 겁니다."

그야, 오늘이 바로 게임 날이니까.

나는 덤덤한 얼굴로 걸었다.

주차장에는 미국에서 온 스타들을 환영하기 위한 고급 세 단들이 줄지어 서 있었다. 세단 하나에 올라타자, 기사가 티켓 을 확인하더니 운전을 시작했다. 핀들링 국제공항에서 나소 항구까지는 그리 오래 걸리지 않았다.

바하마 제1의 항구도시라는 명성답게 항구에는 거대한 여 객선들이 줄지어 서 있었다. 항구와 항구 사이를 잇는 다리도 아름답고, 마치 이 항구를 위해 만들어진 섬이라는 착각이 들

정도.

우리는 차에서 내려 어렵지 않게 여객선을 찾을 수 있었다. 레오의 이름이 대문짝만하게 찍혀 있고, 가장 화려한 배를 찾으면 되었으니까.

"티켓을 주시겠습니까?"

누군가 했더니, 이 사람 역시 레오파드 비트리오 에이전트 중 한 사람이다.

조금 전, 공항에서 받았던 초대장을 건네자 에이전트가 싱긋 웃어 보였다.

"재희, 미안하지만 휴대폰을 꺼주시겠습니까?"

"네?"

"손님들 모두에게 해당하는 일입니다. 부탁드리겠습니다."

휴대폰을 끄라니. 무슨, 예비군도 아니고.

휴대폰이 없으면 나와 레오의 '게임' 스코어를 실시간으로 확인하지 못하지만 그것을 제외하고는 딱히 필요성을 느끼지 못했기에 휴대전화를 에이전트에게 건네주었다.

"환영합니다."

그제야 우리는 무리 없이 승선했다.

도대체 이런 배는 얼마나 할까.

일 년에 탈 일이 몇 번 있다고 이런 배를 구입하는 거지?

레오의 스케일, 아니, 비일비재한.

"할리우드 스케일이란, 정말."

재익이 형은 이 자리에 있는 것 자체가 믿을 수 없다는 듯 중얼거렸다. 나 역시, 조금 얼떨떨한 감정을 숨길 수는 없었다. 이 배에만 수백여 개의 객실 칸이 존재했고, 공용 로비로 쓰이는 곳에는 얼굴만 봐도 이름이 튀어나오는 스타들이 즐비했기 때문이다.

"와, 로버트 캔드로 아냐?"

"이럴 수가, 이곳에서 NBA 스타를 다 만나다니."

"엘라니 오코너야!"

영화, 농구, 테니스, 팝. 장르를 가리지 않은 '레오'의 인맥들이 줄지어 있다. 레오의 초대를 받은 것을 영광스럽게 생각하는 사람들의 마음이 조금은 이해가 될 정도다.

나 역시, 한국에서 데뷔할 당시 '조승희가 아끼는 후배'라는 타이틀 덕을 꽤나 보았으니까.

"이런! 재희! 이게 얼마 만이죠!"

엘라니 오코너가 내 쪽으로 한걸음에 다가왔다.

"엘라니!"

나는 악수를 하려고 했지만, 그녀가 나를 와락 껴안았다.

이, 이봐요.

하지만 재미있는 점은 주변의 그 누구도 이를 이상하게 보지 않았다. 이곳은, 카메라와 기자가 없는 지극히 개인적인 공간이니까.

스타가 아니라, 개인이다. 엘라니와 도재희가 실은 연애 중이야! 라고 말한다고 해도 이상할 것이 없는 곳. 아니, 실제로 커플로 보이는 이들도 몇몇 존재한다. 만약 내가 기자라면, 이 배에 오르기 위해 무슨 짓이든 할 것이다. 그만큼 이곳은 건드리면 터지는 잭팟들로 가득 차 있다.

내가 조금 어색한 얼굴로 서 있자, 엘라니 오코너가 웃으며 말했다.

"너무 긴장하지는 마요. 레오의 파티는 그래도 꽤 건전한 편이니까."

"네?"

"후후, 마약이요. 그런 건 없다고요."

"······."

그건, 당연한 거 아냐?

지극히 한국적인 나에게는 이런 광경이 생소할 뿐이다.

엘라니가 나를 묘한 눈으로 바라보았다.

"으음, 재희를 여기서 만나니 이상하네요. 저희 영화 작업할 때만 하더라도 언제 한국으로 돌아가도 이상하지 않을 정도였는데."

"그런가요."

나도, 어색하다.

그때 에이전트들이 우르르 배에 오르더니 큰소리로 외쳤다.

"마지막 손님까지 다 오셨군요. 그럼 출발하겠습니다!"

스타들은 태운 초호화 여객선이 움직이기 시작했다.

바하마, 델 케이 아일랜드, 레오의 섬으로. 여객선은 나소에서 30분 거리에 위치한 인근에서 가장 큰 섬에 정박했고, 그곳에서 작은 보트로 갈아탔다.

작은 보트를 타고 우리는 레오의 섬에 도착했다.

파티, 술, 마약, 비키니.

안하무인 레오를 떠받드는 스타들이 줄지어 찾아오는 그런 그림을 예상했다면, 산통이 깨질 것이다.

배에서 왁자하게 맥주를 마시고 종업원이 가져다주는 와인과 샴페인을 마셨지만, 그뿐. 술을 즐기긴 했지만, 엘라니 오코너의 말대로 이렇게 건전할 수가 없다.

서핑과 골프, 테니스를 즐기는 레오는 자신의 유토피아를 섬에 그대로 실현시켜 놓았다. 항구 초입에는 서핑 보드와 구명조끼가 해안가 컨테이너에 차곡차곡 쌓여 있었고, 해안 옆에는 골프를 위한 필드가 존재했다. 조금 깊숙한 곳으로 들어가자 수십여 명은 묵을 수 있는 거대한 리조트 건물이 있었고, 리조트 앞에는 야외수영장과 발리볼 코트, 테니스 코트가 존재했다.

"이게 혼자만을 위한 공간이라고?"

레오 한 사람만을 위한 복합 레저 공간. 섬의 크기는 자동차를 타고 달릴만한 크기는 아니어서 마침 자전거 정도가 있으면 편하겠다 싶었는데, 정말 있었다. 마치, 버스정류장처럼 자전거 보관소가 군데군데 세워져 있었고 자전거가 비치되어 있었다.

할리우드 왕에게 이런 아기자기함이라니.

꽤 순수한 구석도 있는 모양이다.

하지만 들리는 말로는, 이런 섬이 다른 곳에도 또 있다고 한다.

"거기는 여기보다 더 커. 섬 가격만 1,800만 달러(한화 190억 원)가 넘어가는 곳도 있다고."

정말, 억 소리 나는 일이 아닐 수 없다.

레오는, 무려 2005년부터 이런 취미를 즐겼다고 한다.

"자, 도착했습니다!"

시상식을 방불케 하는 유명인사들의 행렬이 계속해서 이어졌고, 우리는 에이전트를 따라 섬 깊숙한 곳에 위치한 리조트에 도착했다.

의외인 점은 철저하게 두 구역으로 나뉘었다는 점이다.

"에이전트분들은 이쪽입니다."

본관과 별채로 나뉘어 매니저 및 에이전트, 경호원 등을 위한 공간이 따로 존재했다. 그리고 에이전트들은 스타들만을 위한 본관에는 1층 이상 올라가는 것이 허락되지 않았다.

"따로 논다고?"

나는 이게 무슨 일인가 싶었지만, 다들 익숙하다는 듯 이동하고 있었다.

누군가 말했다.

"편하게 놀자고. 남 눈치 보지 말고."

나는 '격리' 정도로 여겼지만, 이들은 '스타'라는 이름의 갑옷을 벗는 과정이라고 느끼고 있었다.

정말, 남 눈치 보지 않고 놀겠다는 거다. 애초에 그러기 위해서 섬을 장만하는 사람들이니, 그럴 수도 있겠다 싶었다.

본관에서 제각기 숙소를 배정받고 방으로 들어섰다.

편한 옷으로 갈아입고 연회장 느낌이 물씬 풍기는 2층 홀로 나가자 사람들이 모여 있었다. 레오는, 하얀 와이셔츠와 편안한 반바지를 입은 채 사람들 사이에 섞여 있었다. 활짝 웃으며 이곳을 방문한 각 분야의 스타들을 맞이하던 레오는 나와 눈이 마주치자 눈썹을 치켜 올리며 다가왔다.

"정말 올 줄은 몰랐는데."

그럴 리가.

"엄청 기다렸을 것 같은데요? 일부러 부른 게 아닌가요?"

내 질문에 레오가 재미있다는 듯 이죽거리며 말했다.

"뭐, 그런 셈인가."

"그렇겠죠."

"아직 20시간 남짓 남았나?"

애초에 내기했던 수치는 24시간 수치. 결과는, 아마 내일 정오는 지나야 알 수 있으리라.

"아직 많이 남았으니, 할리우드에서 마지막이 될지도 모를 파티를 즐기라고."

레오는 등을 돌리고는 사람들 틈 사이로 사라져 버렸다.

〈알카트라즈〉 촬영장에서 그러했듯, 내게 조금도 신경 쓰지 않는 것이다.

'할리우드에서 마지막이 될지도 모르는 파티.'

자신의 승리를 자신하며, 패배자의 얼굴을 가까이서 지켜보고 싶은 악취미.

하지만 이해한다. 나 역시, 비슷한 감정으로 이곳을 찾았으니까. 나는 그 뒤로, 누구의 눈치도 보지 않고 마음을 편하게 먹기로 했다.

"재희, 그동안 왜 이런 자리에 나오지 않은 거죠?"

"앞으로 자주 뵀으면 좋겠어요. 다음엔 제 섬에 초대하고 싶은데. 올 거죠?"

엘라니 오코너, 조셉 이든 캣맨 같은 스타들과 어울렸고, 다양한 분야의 사람들과 얼굴을 익혔다.

바하마의 밤은 인상적이었다. 호화 리조트에서 술을 마시고, 산책 삼아 가로등 하나 없는 어두컴컴한 해변을 걷기도 하고, 달빛 한 조각을 라이트 삼아 칠흑 같은 바다에 들어가기도 했다. 리조트는 밤새 불이 꺼지지 않았고, 나 역시 쉽게 잠들지 못했다. 다음 날 낮에는, 더욱 환상적이었다.

"재희, 운동 좋아해요?"

"운동은 좋아합니다만, 테니스는 쳐본 적이 없는데요."

"하하, 가르쳐 줄 테니 이리 와요."

세계 랭킹 10위권에 올라 있다는 미국 테니스 전설의 공을 받아보는 경험이나.

"재희, 저와 팀을 하시죠."

NBA 스타와 팀을 꾸려 하프 코트에서 21점짜리 내기 농구를 해볼 일이 몇 번이나 있겠는가.

물론, 제대로 공을 몇 번 잡아보지 못하더라도 그 자체만으로도 의미 있는 일이다.

"점심은 다 같이 먹자고. 12시까지 식당으로 모여요."

레오를 포함한 인원들은 필드에 골프를 치러 나가고, 몇몇 사람들은 숙취에 뒤틀린 속을 부여잡고 야자나무 사이 그물 침대에 누워 휴식을 취했다. 엘라니 오코너는 아침 일찍 비키니를 입고 선베드에 누워 태닝을 시작했다.

"재희, 같이할래요?"

"그럴까요."

카메라가 사라지니, 이들은 각자의 이름으로 돌아갔다.

바쁜 스케줄에 치이고, 파파라치의 카메라에 치이던 이들이 온전히 그들만의 시간을 보내는 것이다.

이건, 나 역시 마찬가지. 왜 섬을 사고 이런 파티를 여는지, 저들의 마음을 조금은 이해할 수 있었다고 할까.

점심 만찬은 약속대로 모두가 모인 자리에서 진행되었다.

바하마의 수도라 불리는 나소에서 직접 배로 공수해온 해산물 뷔페가 차려졌다. 현지 분위기를 풀풀 풍기는 칼립소 음악을 들으며 에이전트들과 왁자하게 섞여 밥을 먹었다.

재익이 형이 물었다.

"어땠어?"

"좋던데요."

"그렇지?"

어제 섬에 도착하기 전까지 가졌던 불안감은 잊은 채 하룻밤 사이, 재익이 형도 파티를 잔뜩 즐겼는지 들뜬 얼굴이었다.

"한국에 돌아가기 싫어질 정도야."

재익이 형이 잘 익은 그루퍼(Grouper 농어의 일종) 구이와 짭짤한 볶음밥을 입에 밀어 넣으며 말했다.

"해적의 역사가 살아 있는, 카리브해에서 즐기는 호화 리조트 여행이라니! 재희야! 고맙다!"

매니저 일을 하며, 상상조차 해본 적 없는 일이라고 한다.

나는 이 같은 반응이 귀엽게 느껴져 옅게 웃어 보였다.

하지만 조금 초조해지는 기색을 감출 수는 없었다.

이런 내 표정을 알아본 재익이 형이 말했다.

"레오와의 내기 때문이지?"

"……티 나요?"

"너랑 몇 년째인데 당연하지. 나도 처음에는 몰랐어. 이상한 제안이 오면 의심부터 하고 보던 네가, 왜 이런 초대에 응했을까. 근데 출발 전에 티저영상 언제 올라오냐는 질문을 듣고 아차 싶었지. 아, 이것 때문이구나."

"……영상 조회 수는 보셨어요?"

"아니, 나도 못 봤어."

"……."

"지금쯤 결과 나올 때 되었지?"

"네."

나는 점심을 먹는 둥 마는 둥 마치고는, 주변을 둘러보았다. 건너편 테이블에서 손목시계를 흘낏거리는 레오가 눈에 들어왔다. 그런 레오가 별안간 고개를 돌리더니, 나와 눈이 마주쳤다.

"……."

결과를 확인할 시간. 우리 둘은 암묵적으로 서로의 의사를 확인하고는 몸을 일으켰다.

"잠시, 실례하지."

"다녀올게요."

레오가 먼저 식당을 빠져나갔고, 나는 그 뒤를 따라 걸었다. 식당 앞에서 담배를 입에 문 레오가 그를 따라오려는 에이전트에게 손을 휘저었다.

다가오지 말라는 신호.

에이전트가 물러서고, 나는 레오의 옆에 섰다.

"내가 왜 사람들을 이렇게 잔뜩 불렀는지 알아?"

"그런 질문을 하시니, 대충 짐작이 가네요."

"그래. 오늘의 메인 이벤트니까."

이 파티의 메인 이벤트. 자신과 게임을 하려고 들면, 결국 개망신을 당하게 된다는 점을 사람들에게 보여주는 것. 나를 제물로 삼아서 본인을 돋보이게 만들려는 유치한 수작.

예상하지 못했던 것은 아니다. 아니, 오히려 아주 디테일하게 상상했었지. 그 반대의 그림을.

"괜찮지?"

"마음대로 하세요."

레오는 피식 웃더니, 식당 안으로 들어갔다. 그러곤 식당 정중앙에서 손뼉을 치며 사람들을 불러모으기 시작했다.

"친구들. 여기 좀 봐요."

그러고는 익살스러운 얼굴로 나를 가리키더니.

"제가 재희와 지난 몇 달간 아주 재미있는 게임을 준비했는데, 들어볼래요?"

한자리에 모여 있는 셀럽들을 향해 레오는 주절주절 룰을 설명하기 시작했다. 나는 식당 정문 벽에 비스듬하게 몸을 기댄 채 그런 레오를 주시했다.

레오는 '레오파드 비트리오 쇼'의 진행자라도 된 듯 들뜬 얼굴이었다.

"저와 재희가 함께 영화를 찍었다는 사실은 여기 계신 모두가 아실 겁니다. 자, 도대체 왜 찍었을까. 지난번에 게라드 쇼에서 나가서 서로 못 잡아먹어 안달이던 두 사람이 왜?"

이 쇼의 진행자인 레오는 샴페인으로 목을 간단히 축인 뒤 말을 마무리했다.

"그 영화의 캐릭터 예고편이 어제 온라인에 공개되었죠. 게임은 간단합니다. 누가 더 많은 지지를 받는가. 누구의 연기가 오스카에 어울리는가."

레오는 말을 마치더니, 씨익 웃어 보였다. 나를 향해.

"오해하지 말아요. 참고로 저도 아직 확인하지 못했으니까. 게임은 원래, 극적인 맛이 있어야 재미있잖아요."

기자는 없다. 그렇기에 일반 대중들에게 이 이야기가 공개되지는 않을 것이다.

하지만.

"승자는 패자에게 '소원' 하나를 말할 수 있습니다. 여러분들이 저희 게임의 중인입니다."

각 분야에서 영향력을 끼치는 셀럽들의 귀에 들어간다. 알 만한 사람들에게는 다 까발려 버리겠다는 말이다. 이 파티가 끝나면 아마 이야기가 재생산되어 찌라시 마냥 퍼지겠지. 이것까지 고려한 계획이다.

"재희, 할 말 있나요?"

레오가 내게 말을 던지자, 사람들의 시선이 내게 일제히 꽂혔다. 나는 무덤덤한 얼굴로 그들을 바라보았다. 엘라니 오코너의 걱정스러운 얼굴과 동시에 이 상황이 흥미롭다는 몇몇 배우들의 눈빛이 거슬리게 느껴진다.

이거, 오기가 생기기까지 한다.

"그냥 공개해요. 별것도 아닌 것 가지고."

"와!"

환호성이 터져 나왔다.

이 싸움이 불이 붙자, 레오가 이를 악물었다.

"가지."

척!

손을 펼치자 에이전트가 큼지막한 12인치 태블릿PC를 내밀었고, 이것을 받아든 레오는 여유로운 얼굴로 모두에게 보란 듯이 태블릿PC를 들어 올렸다.

"자, 어디 볼까요."

그리고 무언가를 클릭했다. 검색할 필요도 없었다. 포털사이트 우측 상단 실시간 핫클릭 배너에 〈알카트라즈〉에 대한 검색어가 존재했으니까.

"……."

이때였다. 여유롭던 할리우드를 위협하던 늑대 한 마리의 얼굴이 일그러진 타이밍이.

빠드득.

들고 있던 태블릿 PC를 부숴 버릴 기세로 꽉 움켜쥐는 레오의 손아귀에 들어간 힘줄이. 잘 돌아가던 파티 분위기에 안정감을 느끼던 셀럽들이 한순간에 불안감을 느낀 때가. 이 삼박자의 불안감이 장내에 파다하게 퍼졌고 불온한 공기를 양산했다.

오직 나만 빼고.

나는, 승리의 미소를 머금고 물었다.

"어떤가요?"

오늘의 할리우드는, 네가 알던 어제의 할리우드가 아니다.

감히, 누가 할리우드에서 레오와 인지도로 싸움을 붙는단 말인가. 더군다나 데뷔한 지 몇 년 되지도 않은 신인이. 이곳에 있는 스포츠 스타들도 한 수 접어주는 남자가 레오가 아니던가.

여기 모인 모두가, 아마 다른 이야기를 예상했을 것이다.

'게임이라니, 그럼 당연히 레오의 압승이겠구나!'

하지만.

"……."

그 익숙함이 깨졌다. 자신이 알고 있는 익숙함이 깨지면, 사람은 불편함을 느낀다. 이는 레오의 표정이 조금씩 꿈틀거릴 때마다 요동치는 셀럽들의 불편함이 말해준다.

레오는 이들에게 여유로운 승리자로 기억되는 남자였고, 그에게서 처음 보는 불편함을 느끼고 있다. 마치, 저들에게는 아끼던 만화 속 캐릭터가 갑자기 죽어버린 것 같은 느낌일 것이다.

"레, 레오."

이런, 레오가 졌다. 자신만만하게 제안했던 게임에서 패했다.

레오가 태블릿 PC를 공개했다. 이것은, 단순한 숫자 놀이일 뿐이지만 그 숫자의 차이는 꽤 극명하게 갈렸다.

〈도재희〉 2,987,221.
〈레오파드〉 1,971,523.

애초에 앞자리부터 다른 조회 수와.

〈도재희〉 589,202.
〈레오파드〉 256,113.

메인 이벤트였던 '좋아요' 숫자는 두 배 이상 차이가 벌어졌다. 나조차도 얼떨떨할 만큼 큰 차이다.

고작, 24시간이 조금 지났을 뿐인데 유튜브 같은 동영상 스트리밍 사이트에 공개된 것도 아니고, 하이마운트 홈페이지와 포털사이트에만 공개된 예고편인데 어떻게 이런 수치가 나온 것일까.

"……"

알고 있잖아.

나는 승리자의 여유로움을 등에 업고 미약하게 미소 지었다. 난 올해 누구보다 많은 영화를 미국 현지에 소개했고, 조금씩 쌓이던 필모그래피가 한 방에 터지고 있다.

인지도는 화약이다. 본인이 인지하지 못하는 사이에 뻥! 하고 터져 버리는 화약.

태블릿 PC를 손에 꽉 쥐고 있던 레오가 나를 표독스럽게 쏘아보았다.

그의 눈은 '어떻게 이런 결과가 나왔는지' 내게 따져 묻는 투가 역력했지만, 굳이 입을 열지는 않았다. 이런 상황에서 무슨 말을 할 수 있을까. 레오가 지금 입을 열면 무슨 말을 하든 손해일 것이다.

"아."

식어버린 탄성과 함께 장내가 찬물이라도 끼얹은 듯 고요해졌고, 나는 입을 열었다.

"제가 이겼네요."

오직, 나만이 이 고요한 분위기 속에서 자유로웠다.

나는 레오를 똑똑히 바라보며 말했다.

"레오, 약속은 지킬 것이라 생각해요."

'그 정도로 추한 모습을 보이지는 않겠지요'라는 서브 텍스트로 숨어 있는 내 비수를 직격으로 맞은 레오가 얼굴을 붉혔다. 아마, 확실히 이해한 모양이다.

나는 비스듬히 기대고 있던 벽에서 천천히 몸을 일으켰다. 그리고 재익이 형에게 말했다.

"형, 숙소로 돌아가죠."

"어, 어? 어어."

재익이 형이 황급히 자리에서 일어나 내게 다가왔고, 에이전트와 경호원들이 내게 다가왔다. 본관 1층 로비로 들어서자 재익이 형이 숨을 크게 내쉬었다.

"후, 살 떨려 죽는 줄 알았네."

"……."

난 아무렇지 않은 얼굴을 지어 보였지만, 느낄 수 있었다. 아주 미세하게 손끝이 떨리고 있다는 것을. 마치 초등학교 때 막 싸움을 끝낸 직후처럼, 잔뜩 분비된 엔돌핀이 내 몸을 지배하고 있었다.

이런 기분, 정말 오랜만이다.

바하마의 오후에는 레오의 마음을 대변이라도 하듯 한바탕 폭우가 쏟아졌다.

쏴아아아!

하늘에서 구멍이라도 뚫린 듯 퍼붓는 빗소리가 꽤 듣기 좋다. 나는 엘라니 오코너와 함께 야외 테라스에 앉아 맥주를 마셨다. 그렇다고 왁자하게 떠드는 것은 아니었다. 빗소리를 조용히 들으며, 물에 젖어가는 섬의 아름다움에 흠뻑 취했다.

엘라니가 정적을 깨뜨리며 말했다.

"신선하네요."

"그렇네요. 비 때문에 조금 찝찝하긴 하지만."

"아뇨. 아까 재희 모습이요."

"예?"

"할리우드는 이방인에게 그리 따뜻한 곳이 아닌 곳으로 알고 있었는데, 신선했다고요."

"아."

"레오의 그런 얼굴 처음 봤다니까요. 조금 안쓰럽게 느껴질 정도였달까. 그러게 왜 그런 유치한 싸움을 해서는."

엘라니가 장난스럽게 웃었다.

"불과 1년 만에. 이제는 정말, 아무도 못 건드리는 사람이 되어버렸네요."

파티의 주인공인 레오는 오후 내내 자신의 숙소에 틀어박혀 모습을 비추지 않았다. 결국, 저녁 시간이 되어서도 나타나지 않았고 레오의 에이전트는 레오 없이 식사를 할 것을 권했다.

식당에 모여 앉아 저녁을 먹고 있는데, 식사가 다 끝나갈 무렵에서야 레오는 아무렇지도 않은 얼굴로 다시 나타났다.

마침, 비도 그친 상태였다. 이런 레오가 제일 먼저 향한 곳은 다름 아닌 내가 앉아 있는 테이블이었다.

"오셨어요?"

"……"

아무런 말 없이 저녁을 먹고 있는 내 앞에 나타난 레오는 내 맞은편에 서서 나를 조용히 내려보며 말했다.

"약속은 지키지."

그게 끝이었다. 그 말만을 남기고는 등을 돌려 다시 사람들 틈으로 사라졌다.

"자기 할 말만 하고 사라져 버리네."

레오의 이 말 한마디가, 갑갑하게 막혀 있던 장내 분위기가 일순간 풀어지는 열쇠였다.

게임 결과에 대한 인정.

레오의 눈치를 보던 사람들은 그제야 내게 슬금슬금 다가와 관심을 보이기 시작했다.

"재희, 같이 먹어도 될까요?"

"대체 레오와 무슨 일이 있었던 거죠?"

관심에 목마른 승냥이 떼들이 밀림의 새로운 지도자에게 굽신거리는 그림이 떠올랐고, 나는 조용히 웃어 보였다.

"그럼요. 앉으세요."

"고마워요."

"다음에는 저희 파티에 초대하고 싶은데, 재희. 연락처를 알려줄 수 있나요?"

"……."

나는 이런 관심들을 대수롭지 않게 반응하며 조용히 음식을 음미했다.

평범한 음식일 뿐인데. 이거, 이렇게 맛있던가.

"재희, 제발요. 연락처를 알려줘요."

내가 이 섬에 와서 얻은 수확은, 다양한 분야의 사람들과 만났다는 점도 있지만 종잇장처럼 구겨진 레오의 얼굴을 보았다는 것이다.

어째선지 음식 맛이 더 살아나는 것 같은 느낌이다.

2박 3일간의 파티가 끝났다. 배를 타고 나소로 귀항한 스타들은 비행기를 타고 미국 전역으로 흩어졌다. 도재희가 레오와의 게임에서 이겼다는 공공연한 비밀을 싣고.

LA에 도착한 시간은 야심한 새벽이 훌쩍 지나서였다. 에이전시에서 불러준 차량을 타고 집으로 돌아온 나는 침대에 쓰러져 그대로 잠에 빠져들었다.

　　눈을 뜨니, 벌써 느지막한 점심이 지나 있었다.

　　"오빠 일어나셨어요?"

　　"아, 네."

　　"오셔서 식사하세요."

　　식당으로 내려가자 영미 씨와 재익이 형이 뜨끈한 양송이 스프에 모닝빵을 찍어 먹고 있었다.

　　"어서 와."

　　나는 한달음에 달려가 테이블 앞에 앉았다. 영미 씨가 내 앞에 스프 한 그릇을 놓아주었고, 재익이 형이 말했다.

　　"빵이랑 같이 먹어."

　　"빵은 됐고, 밥 없어요?"

　　"밥? 있어. 근데 밥은 왜? 반찬 줄까?"

　　"아뇨."

　　나는 빵 대신, 하얀 쌀밥을 한 숟가락 떠 스프에 말기 시작했다.

　　으음, 향긋한 냄새.

　　영미 씨는 스프에 밥을 말아 먹는 내 모습을 보고 경악하듯 말했다.

"으엑, 멀쩡한 빵 놔두고 스프에 웬 밥? 그렇게 먹으면 맛있어요?"

"그럼요. 안 먹어봤어요?"

"네."

"……."

반응들을 보아하니, 내가 이상한 사람이 된 것만 같은 기분인걸.

나는 재익이 형에게 도움을 요청했다.

"저 군대에서 이렇게 먹었는데. 형도 먹었죠?"

하지만 재익이 형은 고개를 절레절레 저었다.

"아니, 나는 그렇게 안 먹었는데?"

"……."

내가 이상한 건가? 스프에 밥 말아 먹는 게 어때서.

"다들 이렇게 안 먹어요?"

"네."

재익이 형이 나를 보며 음흉하게 웃으며 말했다.

"역시, 넌 독특해."

"……."

아, 그러세요. 별종 취급하지 말아 주시겠어요.

흥, 쳇.

동서양의 아름다운 조화. 맛있기만 한데 왜?

"독특해서 좋아."

"아아, 그래요?"

내가 스프를 다시 한 움큼 떠먹자 재익이 형이 물었다.

"기사 아직 못 봤지?"

"기사요?"

"응."

"무슨 기사요? 아니, 무슨 기사던지, 당연히 못 봤죠. 이제 막 일어났는데."

"한국인 배우 도재희! 동양인 최초로 오스카 남우주연상에 도전할까!"

"……."

이게 갑자기 무슨 말이야.

재익이 형이 자랑스럽게 말했다.

"레오가 인터뷰했어."

"……네?"

서양인의 땅에서 동양인이 휘두른 주먹, 이 주먹에 맞은 레오는 미국에 도착하자마자 약속을 완벽하게 이행했다.

"이것 좀 보라고."

[레오파트 비트리오 "도재희는, 내가 이제껏 만난 젊은 배우 중 가장 인상적이다."]

[레오파드의 극찬을 받은 한국인 배우. 도재희.]

[도재희, 그는 이미 할리우드 씬의 주목받는 크랙(Crack:혼자 승부를 결정짓는 선수).]

[도재희, 할리우드 한계를 확장한 배우, 사상 첫 번째 동양인 남우주연상에 도전할까.]

[할리우드가 주목한 월드 스타 반열에 오른 도재희. 극한의 재능을 선보인 영화 〈알카트라즈〉.]

"이게 뭐죠."

"레오. 그 사람 다시 봤어. 문교처럼 얄미운 타입인 줄 알았는데, 할 일은 하는 사람이더라고. 바하마에서 할리우드로 돌아오자마자 인터뷰했어. 이거, 전부 1시간 전에 쏟아진 기사야."

"아."

레오의 인터뷰는 확실히, 효과가 크다는 것을 다시 한번 느꼈다. 〈당신의 추억을 삽니다〉의 성공 이후에 쏟아진 기사량과 비교해 지금이 두 배는 더 많다.

레오가 인정한 배우.

그때.

삐리리리!

재익이 형의 전화가 울렸다.

"잠시만."

UAA 에이전시였고, 5분가량의 긴 통화를 마친 재익이 형이 흥분된 얼굴로 말했다.

"확실히 '뜨거운 감자'가 되니까 놓치면 아쉬운 사람들이 너도나도 손잡아 달라고 난리네."

"네?"

"UAA에서 재계약 요청을 해왔어. 3년 재계약이고, 훨씬 좋은 조건이야. 비율도 8:2로 올려준다고 하던데."

미국 현지 에이전시의 재계약 문의.

그리고.

"또 데드 매니악 시즌3에서 훨씬 상향된 개런티로 재계약 요청을 해왔어. 회당 90만 달러로 합의하길 원해."

"……."

치솟는 내 몸값. 90만이라니. 이 정도면 할리우드 내에서도 최정상급이다.

"근데 에이전트 말로는 방송국 측에서 재희 너를 반드시 붙잡길 원한다고, 100만 이상 불러도 가능할 것 같다고는 하거든? 어떻게 할까?"

시즌3. 최소 10회 차만 뽑아내도 드라마가 끝나면 100억이다. 하지만 〈데드 매니악〉은 16부작짜리 드라마. 100만 달러로 재계약을 한다면, 최소 160억 이상이다.

"……."

"이제 진짜 시작인가 보다."

재익이 형이 감격스럽다는 듯 말했다. 나는 감히 상상하기를 거부하고 고개를 절레절레 저으며 스프를 마저 떠먹었다.

할리우드에서 보이지 않는 차별이 존재하던 흑인. 그 흑인보다도 보이지 않는 취급을 받아오던 동양인 한 명.

-재희의 단점이라고는 동양인이라는 것뿐인데. 이제는 재희가 미국인들에게 이질적이지 않아요. 지난해 동안 다작을 통해 다양한 대중들에게 친숙해졌고, 이제는 동양인이 맡지 못하던 배역들을 하나둘씩 맡기 시작했죠. 보세요. 이제는 이 모습이 오히려 신선하게 느껴지죠. 동서양의 콜라보랄까.

양송이 스프에 밥 말아 먹는 별종 하나가 움직이는, 할리우드의 새로운 판.

[도재희의 필모그래피는 할리우드의 새로운 역사.]

나는, 주먹을 꽉 움켜쥐었다.

재익이 형은 시작이라고 했지만, 할리우드 활동도 끝이 보인다.

··· 6장 ···

오스카를 향해 쏴라

'도재희'라는 네임드 가치가 올라갈수록 가장 큰 이득을 보는 존재는, 올라간 이름값을 등에 업고 이득을 볼 다음 작품의 제작진들. 영화사 '19세기 무비베어'와 〈쓰나미 인 캘리포니아〉의 감독인 앤소니 옐친은 실시간으로 쏟아지는 '도재희 후폭풍'에 정신을 못 차리고 있었다.

그럴 만도 한 것이 영화 촬영을 진행하던 올해 초만 하더라도, 도재희의 네임드 가치는 레오 같은 할리우드 스타들에 비한다면 약세인 것이 분명했으니까.

그런데, 이제는 상황이 뒤바뀌었다. 영화사 19세기 무비베어의 이사는 이 어리둥절한 상황에 의문을 가졌다.

"재희가 하루가 다르게 주목받고 있어요. 덩달아 저희 영화의 검색어 트래픽 역시 급상승 중이고요. 어떻게 이런 일이 있을 수 있죠?"

한국의 정서만을 놓고 본다면, 이해하기 힘들지도 모른다. 국내에 아무리 이름 높은 외국인 스타가 활약한다고 하더라도 일정 한계 이상 성장하기 힘든 것이 사실이니까.

하지만, 여기는 할리우드.

앤소니 옐친 감독이 자신 있게 말했다.

"드디어 사람들이 그의 가치를 제대로 알아본 거죠."

애초에 이민자들로 이루어진 나라. 이런 곳에서 유색인종이라는 넘기 힘든 '허들'이 사라진다면.

"그는 해낸 겁니다!"

얼마든지 자신의 주력으로 원하는 높이까지 달릴 수 있을 것이다.

앤소니 옐친 감독은, 자신의 눈이 틀리지 않았다는 것을 실시간으로 증명해 내는 도재희를 보며 연신 감탄했다.

"하! 제가 뭐라고 했습니까? 저는 재희의 재능을 한눈에 알아봤어요."

앤소니 옐친. 〈쓰나미 인 캘리포니아〉의 감독이자, 러시아계 백인. 천재, 괴짜라는 수식어가 따라붙는 신예 감독.

그는 도재희가 언젠가 할리우드 시장에서 성공할 것이라는 확신을 가지고 있었다. 가능하다면, 자신의 영화를 통해 날아

올랐으면 하는 바람도 함께 품고 있었다.

하지만, 영화가 개봉하기도 전부터 이미 도재희는 날아올랐다. 예상보다 훨씬 가파른 성장. 이로써 가장 이득을 보게 될 작품은, 앤소니 옐친×도재희가 만들어낸, '낯선 이방인'의 영화가 되었다.

앤소니 옐친 감독은, 손에 잡혀 있는 육각 큐브를 보지도 않은 채 돌리며 말했다.

"보이지 않으십니까?"

손에 잡히듯, 모든 퍼즐이 딱딱 맞춰 떨어진다.

"거대한 해일이 캘리포니아를 덮치고 있는 모습이? 그리고 이 해일은."

쭉 찢어진 눈에 약간의 광기가 스쳐 지나갔다.

"도재희라는 파도를 타고 북미 전체를 뒤덮는군요. 두고 보십시오."

"……."

"그는, 전 세계를 집어삼킬 겁니다."

앤소니 옐친의 눈에 확신이 깃들었다.

10월. 할리우드에 때늦은 쓰나미가 한바탕 몰아쳤다. 여름도 다 지나간 마당에 밀려오는 이 쓰나미의 이름은, 앤소니 옐친 감독이 판을 만들고 도재희가 화룡점정을 찍은 영화. 〈쓰나미 인 캘리포니아〉.

레오파드 비트리오가 도재희와의 게임에서 패배하고, 도재희의 소원대로 기자들 앞에서 사과와 극찬을 동시에 한 것이 불과 열흘 전. 인터뷰의 뜨거움이 채 가시지 않은 열흘 사이에 개봉한 도재희의 차기작. 이 영화의 개봉은 이제껏 개봉했던 도재희의 영화들에 비교해 가장 화려했다.

'19세기 무비베어'라는 이름의 굴지의 영화사는 첫날 개봉부터 3,000여 개가 넘는 상영관을 지정했고 도재희의 이름이 여전히 검색어에 오르내리는 틈새를 공략하여 본격적인 '북미 사냥'에 들어갔다.

미국과 캐나다에 동시에 개봉한 주말 사이에 6,300만 달러의 수익을 올렸으며, 개봉 2주 만에 누적수익 2억 1,655만 달러를(한화 2,200억) 기록했다.

세계 전체로 보면, 수익은 더욱 어마어마하다. 영화의 성수기가 한풀 꺾이는 개봉 4주 차에도 무려 11억 달러를 돌파하며 여전한 화력을 과시했으니까.

〈쓰나미 인 캘리포니아〉는 앤소니 옐친 감독의 확신대로, 전 세계를 쓰나미 열풍으로 이끌어낸 블록버스터 재난 영화가 되었고 도재희의 입장에서도 가장 큰 흥행과 수익을 가져다준 영화가 되었다.

물론, 모든 일이 잘 풀릴 수만은 없다. 흥행능력과는 별개로, 진짜 영화광의 성에는 차지 않는 영화의 수준 때문이다.

애초에 영화에 잔뜩 버무려진 '클리셰' 논란은 피해갈 수 없는 부분이었고, 영화가 흥행할수록 조그만 흠집 하나라도 찾아내려고 기를 쓰는 비평가들이 많아졌다.

[어린아이들이 좋아할 만한 워터 슬라이딩 영화.]
[흔한 왕도적인 전개에 가미된 고급스러운 물놀이 쇼.]

이렇게 클리셰 범벅인 시나리오와 화려한 CG는 비평가들에게 줄기차게 까였다. 하지만, 이상하게도 배우의 연기력은 논외 대상이었다.

[도재희가 기대 이하로 낮았던 영화의 수준을 끌어올렸다.]

어느 비평가의 말처럼, 도재희의 연기력이 영화 전반에 깔려 있었고, 이는 집중력을 잃게 만드는 장면에서도 끝까지 보도록 만드는 힘이 있었다.

연기력. 마치, 절대 부술 수 없는 결계라도 존재하듯 신성시되었다. 영화의 흥행에 '도재희'라는 이름값이 톡톡히 작용했다는 반증이다.

　11월. 북미 상영을 마친 〈쓰나미 인 캘리포니아〉가 한국에
들어왔다.

　박스오피스 1위. 이미 성적 입증이 끝난 할리우드 블록버스
터 영화 포스터에 이례적으로 동양인의 얼굴이 메인에 박혀
있다.

　도재희. 거대한 쓰나미를 피해 달아나는 도재희의 모습이,
한국 정식 개봉을 앞두고 영화 포스터가 공개되자, 도재희의
팬들의 반응은 국내에서 폭발적으로 불타올랐다.

　-이건 꼭 봐야 해!

　-난 이미 미국에서 영화 봤음. 솔직한 후기 써봄. 도재희가 도재희 했
다. 그냥 도재희가 영화 내내 멱살 잡고 캐리한다.

　-혼자 멱살 캐리? 대박이네. 〈당신의 추억을 삽니다〉도 극장에서 두
번 봤는데…… 이거 꼭 봄.

　-도졌다, 진짜.

　-우리나라에 할리우드에서 이렇게 성공한 배우가 나오다니…… 이
거 실화냐.

　-개봉이 12월인가요? 현재 개봉예정작 중에 가장 기대하는 작품! 꼭
극장에서 보겠습니다!

이런 폭발적인 반응에 힘입어 긴장한 사람은, L&K의 두 명의 대표들이었다.

이무택과 권우철. 한국 연예계에 입성한 지 20년이 넘은 베테랑 중의 베테랑에 산전수전 다 겪은 이들. 이런 베테랑에게, 도재희의 미국 현지 에이전시인 UAA에서 공문 하나가 날아들어왔다.

[Special management required 특별 관리 요망.]

이는, 수십 년을 한국 매니지먼트 업계에서 일하며 처음 받아보는 공문이었다.

"이게 뭐야?"

이무택 대표의 물음에 권우철 대표도 황당하다는 듯 넥타이를 고쳐 매었다.

"재희 얘기죠."

"알지. 아는데…… 그러니까, 왜 이걸 우리한테 보내냐고."

이무택 대표의 이런 의문은 매우 자연스러운 의문이다. 자신이 좋은 것만 먹여가며 키운 곱디고운 딸내미를 머나먼 외국으로 시집보냈는데, 그 딸이 명절이 되어서 한국에 돌아온다. 그런데, 오히려 시댁에서 '우리 며느리 잘 부탁한다'며 두세 번씩 전화를 하는 꼴이 아닌가.

"우리가 키운 자식인데 몹쓸 짓이라도 한다는 거야 뭐야? 당
연히 특별 관리지. 이거 당연한 거 아냐?"

이무택 대표가 흥분하자 권우철 대표는 조금 냉철하게 상
황을 파악하기 시작했다.

"한국에는 이런 전례가 이제껏 없었으니까 그런 거겠죠."

"……음?"

국내에 처음으로 탄생한 할리우드 톱스타. 도재희 커리어는
한국에서는 모든 것이 '처음'인 이례적인 행보를 보여주고 있다.

즉.

"우리가 생각하는 것 이상으로 재희의 귀국을 특별하게 대
해야 한다는 걸 겁니다. 더 이상 국내에서 유명한 스타가 아니
라. 할리우드 톱스타급으로. UAA는 아마 그걸 말하는 걸 겁
니다."

허울뿐인 경호 인력 하나둘. 한국에서는 콘서트나 대형 행사
장이 아니고서는, 그마저도 거의 쓰이질 않는다. 국내는 총기
소유가 불법이니까. 그다지 큰 필요성을 느끼지 못하는 것이다.
하지만 UAA 입장에서는 '시집온 며느리'가 너무 잘해주고 있으
니, 한국에서 푸대접을 받지는 않을까 염려하는 것이고.

'혹시 모를 위험성을 대비하자.'

UAA의 뜻을 정확히 파악한 권우철 대표의 올바른 지적에,

이무택 대표가 미간을 찡그렸다.

"끄응. 어쨌든, 할리우드 톱스타급으로 대하라는 거잖아."

"예."

"그게 뭔데?"

"글쎄요. 이런 적이 있어야 알 텐데 말이죠."

"끄응. 할리우드 스타 대접받는 배우가 나와 봤어야 알지. 뭘 더 어떻게 하라는 거야?"

"뭐가 되었든, 이제는 재희가 '기준'이 되었다는 겁니다."

"그건, 그렇지."

"저희 손으로 첫 번째 '전례'를 만들 텐데…… 중요하겠죠."

"……그렇지."

권우철 대표가 손가락을 튕기며 말했다.

"재희 한국 오면, 아끼지 말고 쏟아부으시죠."

나는, 여전히 정신없는 연말을 맞이하고 있다.

레오가 자신의 패배를 인정하고, 내 인지도가 상승 곡선을 타던, 아무리 유명해지던, 상관없다. 이를 체감하기도 힘들 만큼 끊임없는 '일'이 나를 괴롭히고 있으니까.

너무 바빠서, 정신이 하나도 없을 정도다.

영화 〈쓰나미 인 캘리포니아〉가 북미 시장에 성공적으로 안착했고, 비행기를 자가용 삼아 홍길동처럼 북미 전체를 쏘다녔다.

캘리포니아에서 뉴욕. 텍사스에서 캐나다까지 3,000여 개의 상영관을 배정받은 만큼, 일도 세 배 가까이 많다. 거기다 내일모레에는 한국 개봉이 기다리고 있어, 오늘 한국행 비행기에 올라야 한다.

"한국 갔다가, 미국에 다시 들어왔다가. 또 한국 갔다가. 정신 하나도 없네."

데뷔하기 전에는 해외여행이라고는 한 번도 가본 적 없던 서울 촌놈인데 이제는 공항을 내 집 드나들 듯 드나든다.

아아, 옛날이여.

"이번에 한국 팬들 반응 장난 아니라던데. 도재희 역대급 영화가 나왔다고 난리야, 난리."

"그래요? 역대급 영화는 아직 편집도 다 안 끝났는데."

〈쓰나미 인 캘리포니아〉. 기대 이상의 성적을 낸 어마어마한 영화지만, 이 영화로는 아카데미 남우주연상을 거머쥐기엔 부족하다. 흥행도 흥행이지만, 작품성이 완벽해야 한다.

그런 의미에서.

"알카트라즈 개봉하면 다들 기절하겠네요."

작품성, 흥행 능력을 모두 갖춘 〈알카트라즈〉는, 올해의 대미를 장식할 마지막 영화다.

"흐흐. 그건 그렇지. 어쨌거나 한국 팬들한테는 여러모로 기념비적인 영화인 것은 사실이잖아? 한국인이 할리우드 영화에서 '주연'으로 성공해서 국내로 들어오는 건데."

이제껏 조연으로 할리우드에서 작품을 흥행시킨 사례는 몇 있었다. 하지만, 오직 한국 팬들만 주목할 뿐. 할리우드에서는 금세 시들시들해졌다. 그런 의미에서 〈쓰나미 인 캘리포니아〉는 내게 있어 강력한 '한 방'이 된 영화다. 우리는 이 한 방의 종지부를 찍기 위해, 한국으로 향하는 중이고.

재익이 형이 웃으며 말했다.

"할리우드의 새로운 스타의 귀국을 환영하는 의미에서, 이번에 회사에서 힘 좀 쓴다고 하더라."

"웅? 힘을 쓴다뇨?"

"UAA에서 L&K로 공문 보냈데. 재희 너, 신경 좀 써달라고. 그래서 역대급 환영 행사를 준비한다고 하던데."

"……."

에? 그게 무슨 말이야.

"나도 자세한 건 몰라. 여하튼 회사에서 공들이고 있다는 건 사실이야."

회사에서 나를 위한 환영회를 준비한다니. 대체 무슨 말인가 했는데, 인천공항에 도착해서야 알 수 있었다.

"꺄아아아아아악!"

"재희 씨! 여기 좀 봐주세요!"

"……아니, 무슨……."

몰려든 기자만 100여 명.

공항 게이트를 지나자마자 우르르 달려와서는 그 누구의 접근도 불허하는 철통같은 경호 인력만 20여 명이 나를 에워 쌓고, 주차장에는 동원된 벤츠만 여섯 대. 수백여 명의 팬들이 '도졌다리' 티를 맞춰 입은 채 한자리에 모여 나를 기다리고 있다는 올림픽 홀에서 치러질 대규모 팬 사인 일정에.

"어서와, 재희!"

"여기가 미국이었다면, 전세기라도 보내 줬을 텐데. 아쉽다."

두 팔을 펼치고 나를 환영하는 두 명의 대표님들까지.

전세기라니, 대체 무슨 말을 하는 거야.

한국 활동 내내 나를 따라다니던 오채연 기자가 눈썹을 치켜뜨며 내게 말했다.

"이런, 할리우드를 들썩이게 만드는 톱스타가 '방한'했네요."

"……."

방한이라니. 저기요. 저는 고향에 돌아왔을 뿐이라고요.

이제껏 국내에 방문했던 수많은 할리우드 스타들은 뉴스,

예능, 콘서트 등 다양한 매체를 통해 대중들에게 환영받아왔다. 이들의 체류 기간은 고작 며칠밖에 되질 않지만, 하루를 세 번씩 쪼개는 타이트한 일정을 보내게 된다.

나 역시, 신인 배우일 때 할리우드 스타들의 방한 일정을 TV를 통해 보고는 했다.

공항 입구부터 철통같이 주변을 지키는 경호원들이며, 쉴 새 없이 터지는 카메라 플래시까지.

"도 배우님! 여기 좀 봐주세요!"

"한성일보에서 나왔습니다. 한 말씀만 부탁드리겠습니다."

지금의 내 모습이 이제껏 TV로 보아왔던 스타들의 모습과 오버랩되는 순간. 짧은 감격에 젖어 들었지만, 오랫동안 취해 있을 시간은 없었다.

오채연 기자의 말마따나, 내 이름 앞에는 이제 무수히 많은 타이틀이 붙어 있으니까. 더 이상, 일반인이 아니니까.

"대표님! 재희 씨 인터뷰는 어떻게 하십니까."

"기자회견은 올림픽홀 팬미팅에서 한 번에 진행하겠습니다. 자자, 지나갈게요! 비키세요!"

대표님 두 분은 대표라는 직함 따위는 잊어버린 듯, 로드 매니저 시절로 돌아간 것처럼 경호원들과 함께 일선에서 나를 가드 했다.

"자자, 재희 지나갑니다."

"……."

슬쩍 본 이무택 대표님은 잔뜩 신난 듯 보였다.

체질이신가.

스무 명의 경호를 받으며 나는 무탈하게 주차장 차량에 올라 탔고, 프레싱 존을 지나자 기자들은 더 이상 따라붙지 않았다.

"우리도 올림픽홀로 가자고!"

기자들은 분주하게 철수 준비를 하며 우리를 따라 올림픽 홀로 이동하기 시작했다. 차량이 출발하고 공항 대로에 들어 섰다. 내 앞뒤로 고급 리무진 여섯 대가 줄지어 움직인다.

무슨, 대통령 경호도 아니고 말이야.

"적응 안 되지?"

"……네."

그럼. 몇 달을 주기로 한국을 방문하는데, 그때마다 온도 차 가 계속해서 올라가고 있다. 너무 뜨거워져, 이제는 더 이상 내 가 알고 있던 인천 공항의 모습이 아니랄까.

"이제 적응해야 할 거다. 네가 어떤 배우인데. 흐흐."

보조석에 앉은 이무택 대표님의 흐뭇한 미소에 내가 물었다.

"근데, 올림픽홀은 또 뭐예요?"

"응? 재익이가 팬 미팅한다고 말 안 했어?"

"아뇨. 그건 들었는데. 왜 올림픽홀에서 하냐고요. 강남에 서 하는 것 아니었어요?"

"호텔은 너무 좁으니까."

"……."

도대체 얼마나 많이 부른 건데.

극장, 카페, 호텔, 회사. 팬 미팅을 진행하는 곳은 규모에 따라 다양하다. 그런데, 올림픽홀이라니. 거긴, 수천, 수만 명의 관객이 들어서는 '콘서트 무대'가 아니던가.

보여줄 것이라고는.

"새벽부터 사람들로 바글바글 하다고 하더라. 팬 카페 회장님인 '도졌다리'님 피셜로는, 2만 도재희 팬들이 오늘 총집결한다던데."

2만 명이란다.

"……."

"지난번에 한국 들어왔을 때, 공식적인 자리에 얼굴 잘 안 비쳤잖아. 그래서 팬들이 다들 궁금해한다고. 기자들 질문에 잘 웃어주고. 대답 잘해주고. 알지?"

"……."

"뭐, 어련히 잘 알아서 할까마은. 으흐흐."

아, 그러세요. 깜짝 이벤트도 좋지만, 사람 엄청 많을 거라고 미리 좀 알려주시지 그러셨어요. 괜히 긴장되잖아.

"자, 우리 재희 팬들 만나러 가보실까."

회사가 준비한 '할리우드 스타' 방한 스페셜.

시작부터 시끌시끌하다. 올림픽홀 주차장을 통해 차량이 들어서자, 팬들이 일렬로 줄지어 서 있다.

"꺄아아아아아!"

2만 명까지는 되지 못했고, 어림잡아 1만 명이 조금 안 되는 듯 보인다. 차량이 입구로 들어서자 1만여 명의 팬들 함성에 송파가 쩌렁쩌렁 울리는 듯했고, 개중에는.

"오빠!"

"으흑흑."

눈시울을 붉히며 닭똥 같은 눈물을 똑똑 흘리는 팬도 있었다.

"⋯⋯."

그, 그러지 마세요.

주차장에서 대기실로 직통으로 연결되어 있는 화물 엘리베이터를 타고 대기실에 들어가 분장을 마치고 진한 남색의 깔끔한 슈트로 갈아입었다.

팬들이 홀로 입장하기 전에 복도와 무대를 살펴봤는데, 힘을 준 티가 팍팍 풍긴다. 내가 할리우드에서 출연했던 작품들 포스터가 복도에 가득 붙어 있고, 내 얼굴이 박혀 있는 대형 현수막에, '할리우드 스타 도재희'라는 문구가 적힌 LED 전광판이 눈을 어지럽힌다.

팬 미팅장이 아니라 A급 가수의 콘서트 무대에 가깝다.

박찬익 팀장이 뿌듯한 듯, 내 어깨에 손을 얹으며 말했다.

"노래도 한 곡 하는 게 어때? 팬 서비스 차원에서."

"노래요?"

"큭큭. 아, 농담이니까 부담 갖지 마."

"……."

농담이 아닌 것 같은 얼굴인걸.

"그런데, 노래 한 곡 하면 정말 멋질 것 같긴 해. 그렇지?"

부담 갖지 말라면서요.

옆에서 조용히 듣고 있던 대표님이 은근슬쩍 내게 말했다.

"야. 찬익아. 재희 부담 주지 말고 가만히 있어. 노래는 무슨? 그런 거 안 해도 돼."

"……."

"물론, 재희가 팬서비스로 노래 한 곡 딱! 하면 그림은 살겠다만. 죽이긴 하겠다. 그치?"

"어우, 저 방금 재희가 노래하는 그림 상상했거든요? 여기 소름 돋은 거 보이시죠?"

"진짜네!"

"……."

뭐야. 하라는 거야, 말라는 거야. 아무래도, 하라는 것 같지?

"……할까요?"

곁에 있던 이무택 대표님 얼굴이 대번에 밝아졌다.

"부담되지는 않겠어?"

"그야……."

"이야! 역시 재희가 놀 줄 아는구나. 재희 네가 하겠다면 나야 좋지! 노래할 거면, 리허설 해봐야지. 노래는 뭘로 할까? '아다지오' OST가 좋겠지? 'Along Drive'가 분위기 있을 것 같은데. 혹시나 해서 준비해놨거든. 지금 바로 리허설 해보자."

"……."

사전에 준비된 MR까지 튀어나왔다. 아마, 박찬익 팀장과 대표님 사이에 대본이 짜여져 있던 것이 아닐까. 나는 그 사실을 알면서도, 물어버린 것이고.

"그, 그래요."

뭐, 아무렴 어때. 노래 한 곡 한다고 닳는 것도 아니고. 확실히, 팬들이 여기까지 왔는데 노래라도 한 곡 해야 할 것 같은 분위기다.

나는 리허설까지 깔끔하게 끝내고 대기실로 돌아갔다.

대기실에 걸려 있는 모니터에서는 무대와 객석을 보여주고 있었는데 기자들과 일반 관객들이 쉴 새 없이 밀려들어 왔고 2,500여 명의 관객이 들어섰다.

"너무 많이 오신 것 아니에요?"

"여기 입장 못 해도 먼발치에서나마 너 보려고 자진해서 오신 분들이야. 그래서 밖에도 모니터 설치해 둔 거고."

"아."

"조금 더 넓은 곳으로 구하고 싶었는데, 연말이라 예약이 다 차 있어서 구하기가 너무 힘들더라고. 그게 제일 아쉽지."

추운 연말에 이렇게 많은 분이 찾아주셨다는 것이 조금 더 피부로 와닿는다.

"노래하길 잘했네요."

"그렇지?"

"네."

"자, 이제 슬슬 들어가자고."

객석 가득 흰색 도재희 얼굴이 둥둥 떠다닌다. 바로 LA 현지 팬 미팅 때, LA까지 직접 공수해 오셨던 '도졌다리' 회장님이 만든 반팔 티셔츠.

모두가 똑같은 옷을 입고 나를 기다리고 있다. 이 기괴하면서도 재밌는 모습을 보고 있자니, 조금 울컥하는 기분이 들기도 한다.

내 등장에 맞춰 할리우드에서 공개되었던 내 영화의 하이라이트들이 흘러나왔고, 영상이 끝나는 타이밍에 내가 무대 위로 올라섰다.

"와아아아아아아아!"

"도재희! 도재희!"

수많은 팬들의 환호성에 화답하듯, 나는 손을 흔들어주었다.

최대한 많이 웃고. 성실히 대답하기.

"노래 한 곡 할게요."

"와아아아!"

영화 〈아다지오〉의 OST인 'Alone Drive'를 부를 때에는 나를 만나기 위해 이렇게 먼 곳까지 달려와 준 팬들의 마음에 답하듯 열과 성을 다해 노래했지만 결국, 떼창이 되어버렸다.

1시간 30분가량 진행된 미팅의 끝은 당연히 사진 촬영.

"찍을게요!"

내가 무대 위에서 셀카봉을 들었고 팬들은 객석에서 손으로 하트를 만들었다. 그리고 이 사진은, 팬미팅이 끝난 지 5분도 지나지 않아서 기사화되어 뿌려졌다.

제목은.

[도재희와 함께한 1만 팬들의 황홀한 데이트.]

꿈같은 시간이다.

내가 한국에 방문한 이유는 〈쓰나미 인 캘리포니아〉의 한국 개봉을 홍보하기 위해서다. 이에 따라, 자연스럽게 영화팀의 방한 스케줄이 꾸려졌다. 모든 배우와 제작진이 참여할 수는 없었고, 앤소니 옐친 감독과 벤자민 찰리, 굵직한 두 명의 할리우드 무비 스타가 참여했다.

"한국 방문은 처음이에요. 무척이나 흥분되는군요."

"재희는 어디 있나요?"

인천 공항에 도착하면서부터 남다른 기대감을 품게 만든 두 사람은, 강남 OGV 아트하우스에서 〈쓰나미 인 캘리포니아〉 기자회견을 열고 홍보에 모든 화력을 쏟아부었다.

"관객 수를 얼마나 예상하시나요? 참고로 한국에서는 '천만' 이라는 수치가 초대박을 의미합니다."

"천만? 달러인가요? 하하! 구체적인 수치는 모르겠으나, 저희는 자신 있습니다. 그렇죠. 재희?"

"그럼요."

"도 배우님은 어떠신가요? 이번에도 '천만' 영화 대열에 합류하리라 생각하시나요?"

자, 이미 성적을 입증받은 영화다. 북미 전체를 집어삼킨 이 쓰나미가 또 한바탕 얼마나 광풍을 휘몰아칠까.

모르긴 몰라도.

"그랬으면 좋겠네요."

아마, 천만은 넘지 않을까.

그랬게 되면 4연속이다.

이거, 이래도 되나 싶을 정도다.

할리우드 스타들의 지원사격이 끝나고 이들은 미국으로 돌아갔다. '성공'이 보장되어 있는 영화 이야기는 잠시 접어두자. 한국 체류 동안, 더 재미난 이야기가 들려왔다.

"연락받았지?"

"네."

대종상 영화제의 남우주연상 후보가 결정되었다. 그리고 감독상 작품상의 후보도.

재미있는 점은.

"나 참. 매니지먼트에 20년을 있었지만, 이런 경우는 또 처음이네."

18개 부문 모두에 내 이름, 혹은 내 영화가 올라갔다는 점이다.

"당신의 추억을 삽니다가 올해 한국 영화 자존심을 그나마 살려줬거든. 계속 죽 쓰다가 한방 터뜨렸지. 그래도 이 정도일 줄이야."

영화 시상식은 다양하고, 그 상마다 가지는 의미는 제각각이다. 대종상은 다양한 의미로 구설수에 오르긴 하지만 확실히, 연말에 진행한다는 점에서 그 임팩트가 강력한 영화제 중하나다. 이 모두에 노미네이트된 것은, 쉽게 보기 힘든 기이한 풍경이다.

거기다.

"만약, 감독상이랑 남우주연상을 재희 네가 동시에 석권한다면?"

"······."

"최초야 최초."

역사를 만들게 된다.

하지만 이런 '부가적인' 것들보다 내가 원하는 것은 확실한 '남우주연상'.

그럴 수밖에.

애초에 조승희와 싸워보기 위해서 만들어진 역대급 라인업이니까.

남우주연상의 후보는 총 다섯 명. 하지만, 수상이 가장 유력한 후보는 세 명.

뻔하디뻔한 그 명단. 설강식, 조승희, 도재희.

진정한 왕좌를 가리는 승부처가 되는 올 연말. 이 싸움의 끝에서, 나는 아주 오래간만에 사적인 만남을 가졌다.

"여기야!"

"아, 선배님."

기자들이 본다면 실로 재미있는 풍경이리라. 올 한해 한국을 들썩였던 영화의 주인공들. 남우주연상 후보 세 명이 한자리에 모여 있으니까.

　"이야, 이렇게 셋이서 보는 게 얼마 만이야?"

　"영화 개봉할 때 보고 처음 만나니까, 대충 5개월 가까이 되었네요."

　"그렇지. 앉아, 앉아."

　설강식, 조승희, 도재희. 우리 세 사람은 강남의 어느 프라이빗 룸에 자리했다. 자리에 앉자마자 우리는, 반년 전과는 조금 미묘하게 달라진 분위기를 감지했다.

　화기애애한 웃음 속.

　'수상은 당연히 재희가 하겠지.'

　겉으로는 이렇게 말하면서도 속으로는 제각기 다른 마음일 것이다. 아마, 모두가 똑같은 생각이리라.

　'상은 내가 받을 거야.'

　이제껏 내가 봐온 배우들이란, 대개 그런 존재들이니까.

　"그나저나, 이렇게 모인 이유가 뭐야?"

　설강식 선배가 조승희에게 물었다.

　조승희는 천연덕스러운 얼굴로 답했다.

　"이유요? 그냥 얼굴이나 보는 거죠, 뭐."

　하지만 모두가 알고 있다. 미리 보는 시상식이랄까.

제58회 대종상 영화제가 열렸다. 세종문화예술센터 시상식장으로 향하는 계단 칸칸마다 늘어서 있는 취재진, 이들이 뿜어내는 카메라 플래시의 뜨거운 열기.

빛의 향연보다 더욱 빛나는 것은 단연, 스타들의 행렬.

유명 디자이너들이 직접 제작한 슈트와 드레스를 멋들어지게 차려입고 당당히 레드카펫을 밟으며 이 자리의 주인공임을 만천하에 뽐내고 있다.

이 행렬에서도 유독 빛나는 그룹이 있었으니. 오늘 시상식의 진정한 하이라이트라 할 수 있는 영화 〈당신의 추억을 삽니다〉 팀.

[올해의 작품상 수상한 〈당신의 추억을 삽니다〉. 연말 시상식도 휩쓸까.]

올 한해 대한민국 극장가에 광풍을 휘몰아치게 만들었던 영화의 주인공들.

주인공은 가장 늦게 등장한다고 했던가.

"잘하고 와!"

시상식의 백미인 나와 조승희, 설강식 선배는 가장 마지막에 리무진에서 내렸고.

"꺄아아아아아!"

가장 열렬한 환호를 받았다.

한 명 한 명, 걸어 들어가 포토존 단상에 서자, 마이크를 쥔 MC가 우리의 이름을 순서대로 연호했다.

"먼저 설강식 배우님!"

가장 먼저, 설강식 선배님이 포토라인 위에 서서 카메라를 향해 인사했고, 다음은 조승희, 마지막은 나.

가장 끝에는 우리 세 사람이 나란히 서서 인사했다.

이미 여러 차례 겪었던 영화제며, 시상식이다.

포토존에 설 때마다 매번 느끼는 거지만 정말, 눈부시다.

카메라로 얻어맞는다는 표현이 어떨지 모르겠지만, 딱 그 꼴. 360도 우리를 겨누지 않은 카메라의 쉴 틈 없는 공격을 정면으로 맞이하고 있자면, 세상이 온통 새하얗게 보일 만큼 눈부시다. 이런 시상식을 벌써 수십 년간 해왔던 설강식 선배는 환한 미소를 유지한 채 손을 흔들며 복화술을 이용해 옆자리의 내게 조용히 말했다.

"언제 끝나냐, 이거."

"푸하!"

그 말을 들은 조승희가 빵! 터졌고, 카메라는 더욱 강렬하게 우리를 쏘아붙였다.

아마, 이런 제목의 기사가 나가지 않을까.

[레드카펫에서도 사이좋은 남우주연상 후보들.]

우리는 왁자하게 웃으며 시상식장 안으로 들어섰다. 배우들이 시상식장 내부로 들어서면, 아주 잠깐 카메라로부터 해방되는 틈이 생긴다. 광고가 흘러나가고, 배우들이 자신의 자리를 찾아가는 시간.

"화장실들 다녀와. 지금 아니면 가기 힘드니까."

설강식 선배님은 언제 화장실에 갈 수 있을지 모른다며 화장실로 향했고, 조승희는 스타일리스트에게 둘러싸여 바람에 휘날린 머리를 다시 정리 받았고.

"오빠, 잠시만요."

영미 씨는 돌돌이를 꺼내 슈트에 묻어 있는 아주 조그만 먼지마저 다 털어냈다.

"관리해야죠. 우리 오빠 오늘 상 받을지도 모르는데."

"으음, 고마워요?"

"자! 가자, 가자."

설강식 선배님이 손에 묻은 물기를 털어내며 나오셨고, 우리 세 사람은 기다렸다는 듯 객석으로 다가갔다.

"꺄아!"

아카데미 시상식과 국내 시상식의 다른 점이라면, 객석 뒤에는 일반 관객들도 섞여 있다는 점이다.

"와, 설강식 선배님!"

"승희 형님! 꼭 수상 하십시오! 기원하겠습니다!"

수많은 환호성을 등에 업고 빽빽한 인파들 사이로 들어갔다. 우리가 지나가자, 마치 길이 열리는 느낌이다. 모세가 홍해를 가르듯, 사람들은 우리에게 길을 비켜주었고 뻥뻥 뚫린 복도를 지나 무대가 가장 잘 보이는 센터에서 세 번째 줄 자리에 섰다.

조승희, 도재희, 설강식. 우리 이름이 붙어 있는 자리로 가서 앉자.

"선배님!"

"안녕하십니까!"

주변에 앉아 있던 배우들과 감독들이 자리에서 일어나 우리에게 깍듯하게 인사했다.

누가 뭐라고 해도, 이 필드의 주인공은 우리. 가장 열렬한 환호를 끌어내는, 대한민국의 세 명의 대표 배우들. 누가 먼저랄 것도 없이 자리에 앉아 카메라의 위치를 확인했다.

잠시 기다리자.

"제58회 대종상 영화제를 시작하겠습니다!"

시상식이 시작되었다. 하지만, '남우주연상'이라는 메인 매치는 가장 늦게 시작되는 법. 1시간, 아니, 2시간. 느긋한 마음으로 의자에 기대어, 차분한 마음으로 내 차례를 기다리려 했다.

"영광의 58회 대종상! 기획상 수상자는!"

하지만 그럴 수가 없었다.

"당신의 추억을 삽니다의 박진우! 축하드립니다!"

"⋯⋯."

시상식의 포문을 여는 수상작부터 내 영화였고, 내 영화의 기획을 맡아준 김민희 PD가 감격스러운 얼굴로 무대 앞으로 나갔다. 제작 총괄을 맡았던 박진우 연출이 미국 영화 개봉 때문에 바빠 참석하지 못했기에 대신 받는, 대리 수상이었다.

동시에 카메라 한 대가 이동차에서 미끄러지듯 움직이며 나를 비춘다.

"⋯⋯."

아무래도 잠시도 눈을 뗄 수 없겠다.

조승희, 조승희에게는 올해가 자존심을 회복할 마지막 기회나 다름없었다. 2년 연속 굵직한 상들은 모조리 도재희에게 빼앗겼고, 자신이 출연했던 작품들은 연달아 흥행에 실패했다.

이미 정상을 한번 경험해 본 조승희지만.

'조승희의 시대는 끝', '도재희에게 밀렸다', '언제 적 조승희냐'. 이런 이야기가 맴돌 때마다, 주변 시선을 의식하지 않을 수는 없었다.

논란을 불식시켜야 한다. 건재함을 보여주어야 한다.

그런 의미에서, 올해의 남우주연상은 반드시 자신이 가져가야 했다.

자신감도 충분했다. 영화는 성공했고, <당신의 추억을 삽니다>의 가장 강렬한 장면은 본인이 등장하는 장면이었다.

'영화는 작품상', '도재희는 감독상', '남우주연상은 조승희'. 이게 조승희가 생각하는 가장 이상적인 시나리오였다.

하지만.

"……."

시상식이 진행될수록 조금씩 불안해지기 시작했다. <당신의 추억을 삽니다>는 '기획상'을 시작으로, '편집상', '조명상' 등. 굵직한 상들을 하나둘씩 독점해갔다.

매우 이례적일 만큼 시상식장 분위기가 심상치 않다. 마치, 이 자리가 '도재희'를 위해 만들어진 자리가 아닌가 싶을 정도.

그리고.

"촬영상 수상자는! 당신의 추억을 삽니다의 촬영 감독을 맡으신 강장수 감독님!"

아직 작품상, 감독상, 남우주연상이 공개되지도 않았는데 '촬영상'으로 4관왕을 거머쥐는 모습을 보고는 이 불안감이 명백한 '현실'이었음을 확신했다.

이 시상식. 오늘 사고를 쳐도 제대로 치겠구나.

나는 새로운 역사의 중심에 있구나.

어쩌면.

'도재희가 3년 연속 남우주연상을 받는 것은, 아무것도 아니겠구나.'

이런 여러 가지 생각들을.

"……."

딸깍.

조승희는 손톱을 물어뜯고 있는 불안한 모습의 자신을 돌아보며 황당함을 느꼈다.

'욕심은 버린 줄 알았는데.'

헛웃음까지 튀어나왔다. 이건, 자신이 알고 있는 조승희의 모습이 아니기 때문이다.

조승희라는 이름의 가치. 그 가치에 진심을 더하려면, 설강식이 말했듯 누구보다 진실하게 축하해주어야 한다. 그래야, 조승희가 아름답게 조승희로 남을 수 있고 도재희 앞에서 부끄럽지 않을 수 있다.

"다음은! 대망의 남우주연상 시상입니다. 시상자로는 백현석 배우가 도와주시겠습니다!"

"……"

기대감을 내려놓았기 때문일까. 조승희는 '남우주연상' 시상이 시작되었는데도 아무런 감흥을 느끼지 못했다.

자신의 덤덤한 얼굴이 스크린에 나왔고, 도재희와 설강식 선배님 얼굴이 나올 때까지.

"대망의 수상자는!"

다섯 개로 분할되어 있던 다섯 명의 배우들의 스크린이 하나로 합쳐지며, 도재희의 얼굴 하나가 화면 가득 비추어졌다.

"축하합니다! 도재희!"

팡!

꽃가루가 터져 나오는 그 짧은 순간.

'……아!'

조승희는 오히려 시원함을 느꼈다. 묵은 체증이 싹 가시는, 아주 시원시원한 감정이었다. 조승희는 자리에서 벌떡 일어나 환하게 웃으며 도재희를 끌어안아 주었다.

"축하한다."

그리고 도재희의 팔 한쪽을 잡고 번쩍 위로 들어 올렸다.

"와아아아아!"

새로운 시대의 시작이었다.

"남우주연상 도재희! 축하합니다!"

"배우 도재희. '당신의 추억을 삽니다'를 통해 배우와 감독, 모두 역량을 드러내었죠. 할아버지 세대의 아픔을 공감하는 20대의 청년상을 잘 보여주었다는 평가를 받았습니다."

"네! 지금 영상에 나오고 있는 저 장면이 바로, 평론가들이 뽑은 올해의 명장면이라고 할 수 있죠. 우는 연기가 정말 일품이지 않습니까."

"네. 보는 제가 다 가슴이 먹먹해지는 것 같습니다."

"배우 도재희. 단상 위로 올라오고 있습니다. 3년 연속 남우주연상이죠. 다시는 대한민국 영화사에서 볼 수 없을지도 모르는 대기록이네요."

3연속 남우주연상.

"축하한다."

조승희는 내 손을 잡아 위로 치켜세워주었고, 설강식 선배님은 내 어깨를 두드리며 남은 왼손을 들어 올려주었다. 처음 내가 대종상에서 남우주연상을 받을 때 내게 향하던 시샘과 질투의 시선은 없었다.

3년 연속. 누구도 이룬 적이 없고, 어쩌면 앞으로도 이루지 못할 경이로운 기록 앞에, 모두가 내게 경외심을 보냈다.

들리지는 않았지만, 목소리가 들리는 것 같았다.

'고생했다.'

고생했다고.

아주 조금 울컥하는 무언가가 치밀어 올랐지만, 드러내지 않고 아주 당당한 발걸음으로 무대 단상 위로 올라가 마이크를 잡았다. 그러자 재익이 형과 영미 씨가 기다렸다는 듯 다가와 내게 꽃다발을 안겨주었고, 〈당신의 추억을 삽니다〉 팀들이 내 뒤로 동그랗게 모여 섰다.

"도재희! 도재희!"

"……."

내 이름을 연호하는 사람들의 모습을 바라보았다.

조금 떨리긴 했지만 아주 기분 좋은 떨림이었다.

"먼저, 영광입니다. 승희 형, 설강식 선배님. 두 분 모두, 제가 아무것도 모르는 신인 배우이던 시절부터 많은 도움을 주신 분들입니다. 이런 선배님들 사이에서 경쟁하여 함께 후보에 오를 수 있었던 것만으로도 영광이었습니다."

나는 최대한 말을 아꼈다. 아직, 울컥하기엔 이르다.

"작년에도, 재작년에도. 그리고 오늘도. 이날은, 제가 반드시 잊지 말아야 할 중요한 날입니다. 절대 오늘을 잊지 않겠습니다. 매일 가슴속에 묻어두고 꺼내면서 좋은 모습 보여드리겠습니다."

왜냐고? 내가 받아야 할 상은, 아직 끝나지 않았기 때문이다.

"감사합니다."

내 시선의 끝이, 무대 좌측 끝에 있는 대종상 트로피를 향했다.

손과 머리를 이용해 하늘을 받치고 있는 아틀라스(Atlas)가 떠오르는, 대종상의 트로피의 모양. 거대한 대종을 손에 짊어지고 있는, 대종상에는 아직 두 개의 부문이 남아 있다.

감독상과 작품상.

'꼭 받고 싶다.'

그리고 이런 내 바람은, 현실이 되었다.

"감독상 수상자는! 당신의 추억을 삽니다의 도재희! 축하합니다!"

"대망의 작품상을 가져갈, 올 한해! 최고의 평가를 받은 영화는 당신의 추억을 삽니다!"

2021년 12월 22일. 영화사의 역사를 새롭게 쓰는 오늘, 오늘은 내 날이 되었다.

[도재희, "감독 데뷔에 가장 많은 영향력을 끼친 사람은, 박진우 연출. 오래 인연 이어가고파."]

["배우들이 잘해 줘서 감독으로서 딱히 한 것 없다." 겸손한 도재희

의 수상 소감.]

[막 내린 대종상. 올 한해는 도재희 한 해. 무려 '7관왕'.]

[3년 연속 남우주연상. 이제 도재희가 바라보는 화살표는 아카데미 남우주연상.]

[수상 무대에만 총 일곱 번 섰던 도재희. 굵직한 상을 모조리 독식하며, 한국 영화의 거인이 되다.]

시상식이 끝났다. 포털사이트 메인에 걸린 사진은, 일곱 개의 트로피를 양팔 가득 들고 있는 내 사진과 우리 영화팀의 사진이었다.

-역시, 도재희다.

-도졌네…… 이거 진짜 아카데미 남우주연상까지 받는 거 아님?

-그건 오버고. 후보에만 들어도 영광이지.

나는 실시간으로 올라가는 기사와 댓글들을 확인했지만.

띠링! 띠링!

[축하드립니다! 재희 선배님!]

[재희야. 수상 축하한다^^.]

계속해서 울리는 문자 메시지 때문에 온전히 기사에 집중할 수 없었다. 수상을 축하하는 문자가 벌써 수백여 개를 넘어섰다. 300개 이후로는 아예 세지도 않았다.

"바로 회식 장소로 갈까?"

"아뇨."

나는 고개를 절레절레 저으며, 잠시 쉬고 싶다는 의사를 피력했다. 그리고, 슈트의 넥타이를 풀어헤치고는 재익이 형에게 말했다.

"형, 3월 초로 LA행 티켓 두 장만 예매해 줘요."

"응? LA? 두 장? 왜?"

재익이 형은, 아차! 하는 얼굴로 되물었다.

"아! 부모님?"

"네."

나는 이제껏, 내 시상식에 부모님을 부른 적이 없다. 이유는 공식적인 자리에 나서는 것을 기피하시는 부모님 성향 때문도 있지만 가장 높은 자리에서 왕좌에 오르는 모습을 보여드리고 싶다는 욕심이 있기 때문이다.

이제는, 때가 되었다.

"부모님을 아카데미 시상식에 초대하고 싶어서요."

부모님을 오스카에 초대한다.

부모님의 첫 번째 미국 여행이자, 첫 번째 내 시상식 직관.

영화 〈알카트라즈〉가 성공적으로 시장에 안착하긴 했지만, 확실한 '남우주연상' 수상 여부를 판가름할 수 없음에도 불구하고 부모님을 초대하려는 이유는.

"자신 있나보구나."

"네."

그만큼 자신 있기 때문이다.

할리우드의 가장 높은 곳에 올라서는 모습을 두 눈으로 직접 보여드린다. 이게 내 올해의 마지막 계획.

"짜식."

내 제안에 재익이 형이 기분 좋은 미소를 머금었다.

"알겠어. 일정 여유 있게 잡아서 퍼스트클래스로 두 자리 구해놓을게."

재익이 형은 블루투스 이어폰을 이용해 곧바로 회사 경리팀에 전화를 걸기 시작했고, 나는 푹신한 의자에 몸을 기대고는 달리는 차창 밖을 주시했다. 연말의 광화문을 수놓은 크리스마스트리가 아늑하게 느껴진다.

그것도 잠시. 새하얀 눈꽃이 흩날리기 시작했다.

내 7관왕을 축하하기라도 하듯, 올겨울의 첫눈이 내려와 소복하게 바닥을 적신다.

평화로움을 느끼며, 잠시 눈을 감았다.

첫눈이 달리는 차창 너머로 빠르게 스쳐 지나간다.

이 첫눈은 채 녹을 새도 없이 나를 아카데미 시상식장 앞으로 데려다 놓았다.

7장

기적의 오스카

2월의 LA는 따뜻하다.

봄의 따스한 햇살을 받으며 눈을 뜬 나는, 가벼운 몸을 일으켜 트레이닝 복을 입고 운동화 끈을 꽉 묶었다.

오전 7시 46분. 가벼운 산책을 위해 집을 빠져나오면.

"준비 됐어요?"

마당에는 오늘도 어김없이 경호원 네 명이 나를 기다리고 있다.

아침 운동. 내 하루를 여는 루틴. 혼자 하는 운동은 아니다.

"자, 오늘도 가자고요."

에이전트 빌이, 일정 보고를 위해 마당 앞에서 나를 기다리고 있다.

"오늘은 오전 10시까지 공항으로 픽업을 갈 겁니다. 재희 부모님들을 모시러요. 그리고 오후 1시에 예약이 잡혀 있어요. 식당은 쉐프 모던 데이빗의 스테이크 하우스로 정했고 오후에는 티타냐 샵에서 맞춤 드레스를……."

빌이 내 보폭에 맞춰 함께 달리며 하루 일정에 대한 보고를 끝내고 나면.

"헥, 헥. 전 여기까지."

숨을 헉헉거리며 그 자리에 풀썩 쓰러진다.

나는 뒤 돌아 그 모습을 바라보며 엄지를 치켜들었다.

"오늘은 3분이나 더 뛰었네요. 훌륭해요."

"헉, 헉…… 오호라. 그거참 기분 좋은 소식이네요. 하지만 저는 여기까집니다."

에이전트 빌은 손사래를 치며 경호원이 타고 있는 차량 뒷좌석에 올라탔고, 나는 가볍게 미소 짓고는 다시 달리기 시작했다.

매일 하는 아침 운동. 불과 몇 달 전과는 조금 달라진 점이 있다면.

"오, 재희!"

나를 알아보고 손을 흔드는 사람들 때문에 평범한 산책은 불가능해졌다는 점이랄까.

발에 차일 만큼 할리우드 배우들이 많이 살고 있는 부촌. 이런 곳에서 얼굴 좀 알려진 동양인 배우를 알아보며 인사하는 사람은 이제껏 없었지만, 이제는 다르다.

"오, 재희!"

매일 아침 지나가는 상점의 주인은 내게 물병을 건네주기도 했고, 언제나 똑같은 시간에 마당을 쓸고 있는 동네 할머니는 나를 향해 미소 짓기도 했다.

베벌리힐즈에 사는 동네 사람들. 이들은, 이제는 이 저택에 살고 있는 사람이 누구인지, 재희라는 배우가 누구인지에 대해 훤히 알고 있다.

도재희. 내 이름 석 자를 할리우드에 공고히 박은 작품. 〈알카트라즈〉. 이 영화는 나를 닿을 수 없을 만큼 높은 곳으로 올려놓았다.

2022년 최대어로 인기몰이를 한 〈알카트라즈〉는 전 세계 박스오피스를 '올킬' 하며 총 수익 3억 7천만 달러를 돌파했다. 한국, 독일, 스웨덴, 프랑스, 러시아, 스페인, 영국, 이탈리아, 멕시코 등 굵직한 시장에서 전부 1위를 기록하며 국적과 대륙을 가릴 것 없이 극장가를 휩쓸어버렸다.

레오파드 비트리오의 〈리벤지 아메리카〉와 박빙을 예상했던 언론들은, 두 손 두 발 다 들어버렸다.

상대도 되지 않았던 것이다.

물론, 영화의 흥행 성적과 아카데미 시상식의 수상은 별개의 문제지만, 작품성과 대중성이라는 두 마리 토끼를 다 잡은 이 영화는, 아카데미에서 6개 부문에 노미네이트되는 괴력을 보였다.

"이런, 벌써 시간이."

한참 달리고 있자 에이전트가 차에서 내리더니 내게 달려왔다.

"조금 서둘러야겠어요. 공항에 나가야죠."

시간을 확인했다.

오전 8시 32분. 벌써 한 시간 가까이 달렸다.

"씻고 준비해야죠. 그 꼴로 부모님을 뵐 수는 없잖아요?"

빌이 땀에 흠뻑 젖은 내 모습을 지적하며 웃어 보였다.

아아. 물론이지.

"어서 가요."

대부분의 한국의 평범한 가정이 그렇듯, 부모님은 해외여행을 자주 다니지 못하셨다. 미국 방문 역시 처음이다.

"아들!"

어머니는 마치, 내가 처음 선댄스 영화제를 위해 미국을 방문했을 때처럼, 들뜬 얼굴로 게이트를 빠져나오셨고.

"크흠흠."

아버지는 모처럼 보기 힘든 깔끔한 정장을 입으시고는 조금 어색하신 듯 헛기침을 하며, 캐리어를 끌고 나오셨다.

그 뒤로는, 잔뜩 짐을 든 재익이 형의 모습이 보였다.

"별일 없었지?"

"네. 형, 도와줘서 고마워요."

"뭘, 나한테도 부모님이나 다름없는데."

나는 이들을 두 팔을 벌려 맞이하려 했지만, 갑작스럽게 몰려든 인파에 뒤로 물러나 버렸다.

"재희 맞죠?"

"우와! 도재희다!"

미국도 이제, 더 이상 남들의 시선에서 안전하지 못한 곳이다. 내게 다가오는 팬들을 향해 경호원들이 제지를 요청했고, 나는 그제야 어머니를 한 번 안아볼 수 있었다.

"힘드셨죠?"

"힘들긴, 침대도 있던데. 그런데 저분들은 네 팬들이니?"

"아, 그런 것 같아요."

"그래? 그럼 사진이라도 같이 찍어 줘. 기다려도 괜찮으니까."

나는 싱긋 웃어 보이고는 경호원들에게 고개를 끄덕였다.

그러자 여성 팬들이 내게 다가왔고, 우리는 함께 사진을 찍었다.

하지만 이를 본 다른 사람들이 대거 몰려왔고, 끊임없이 밀려들어 오는 사진 공세에 결국, 공항에서 30분이나 허비하고 말았다. 하지만 부모님은 짜증 한 번 내지 않으셨다.

오히려.

"역시, 내 아들이야."

아버지는 이를 보며 흐뭇하게 웃으셨다.

정리를 마치고 공항을 빠져나와 미리 예약해 두었던 미슐랭 쓰리 스타 쉐프인 모던 데이빗의 스테이크 하우스로 향했다. 미국식 스테이크를 현대식으로 재현한 모던 데이빗의 스테이크 하우스는 LA최고로 평가받는다.

게살이 가득한 크랩 샐러드를 시작으로, 고소하고 부드러운 매쉬드 포테이토. 미디움으로 보기 좋게 익힌 스테이크와 속이 꽉 찬 랍스타까지.

5인 식사에 이백만 원이 훌쩍 넘어가는 식당이었는데, 가격표를 본 어머니는 눈을 동그랗게 뜨셨지만, 별다른 말씀은 하지 않으셨다.

나는 어머니의 눈빛 하나만으로, 하고 싶은 말씀을 이해했지만, 오히려 괜찮다는 듯 고개를 끄덕였다.

네. 이 정도는 괜찮아요. 어머니.

다음 일정은, 아카데미에 입고 갈 부모님의 의상을 드레싱하는 것. 우리는 맞춤 정장 전문인 티파냐 샵으로 향했다. 명품 D-Nao의 수석 디자이너였던 티파냐가 독립하며 차린 드레싱룸으로, 할리우드 스타들에게 인기몰이를 하고 있는 곳이다. 즉, 최고급이다.

"아, 나는 괜찮다니까."

드레싱룸에 걸려 있는 샘플 의상의 가격표를 본 아버지는 한사코 사양하셨다.

아버지는 입고 계신 정장을 가리키며 말씀하셨다.

"이걸로도 충분해."

물론, 아버지가 입고 오신 정장도 물론 훌륭하지만.

"턱시도를 입으셔야 해요. 드레스 규정이 있다니까요."

나는 최고급으로 맞춰 드리고 싶다.

내게도, 부모님에게도. 아주 특별한 날이 될 테니까.

"아…… 거, 참."

어쩔 수 없다는 듯 안으로 들어선 아버지는 모든 것이 다 어색하신 듯 보였다. 옷 치수를 재는 동안 눈을 어디에 둬야 할지, 허둥지둥거리셨고 그 모습을 보며 재익이 형이 내게 속삭였다.

"너, 아버지 닮았나 봐."

"네?"

"이럴 때 보면, 정말 많이 닮았다."

"……."

음. 확실히 내 생각에도 그렇다.

쳇. 그렇다고 정곡을 때리다니.

어머니 역시 조금 가격에 놀라신 듯 보였지만, 금방 체념하신 듯했다. 아버지보다는 조금 익숙한 모습으로 드레스 색감을 고르셨고, 생각보다 마음에 더 드셨는지 금방 깔깔거리며 웃기도 하셨다.

"열흘 뒤에나 나와요. 원래는 조금 더 걸리는데, 재희 부모님이니 더 빨리 만들어 볼게요."

"고마워요."

티파냐 샵을 나와서는 집으로 향했다.

베벌리힐즈의 저택을 처음 본 어머님은 휘둥그레지신 눈을 두어 번 비비시더니 내게 말했다.

"아들."

"네?"

"미국으로 이사 오자는 말. 그거, 아직 유효하니?"

하하!

"그럼요."

저, 이제 그 정도는 됩니다.

햇살이 나른하다.

3년 연속 대종상 남우주연상을 받고, 7관왕에 오르던 순간보다. 지금이 인생에서 가장 뿌듯한 순간이 아닐까.

어머니와 아버지는 LA와 캘리포니아 비치를 거닐며 모처럼의 오붓한 여행을 보내셨고 쏜살같이 시간이 흘러, 오스카의 날이 밝았다.

미국에서 맞이하는 세 번째 해이자, 두 번째 아카데미 시상식 방문.

"으아! 바쁘다!"

영미 씨는 내 의상을 챙기랴, 아버지와 어머니 의상을 챙기랴 아침부터 정신없는 하루를 시작했고, 이른 아침에 샵에서 메이크업을 받기 시작한 어머니는 연신 웃기만 하셨다.

"아들 잘 둬서, 좋기는 좋구나."

아무래도, 이 생활에 벌써 적응을 마치신 듯하다.

아버지는 아카데미 시상식 시간이 다가올수록, 점점 불안한 기색을 보이셨다.

나는 삐뚤어진 보타이를 고쳐 드리며 말했다.

"불안하세요?"

"응?"

"제가 수상 못 할까 봐 불안하신 것 같아서요."

"크흠흠."

아버지는 대답을 회피하셨지만, 정곡을 찌른 듯 보이지?

부부는 일심동체라 했던가. 시종일관 즐거워 보이시던 어머니는, 제94회 아카데미 시상식이 열리는 돌비 극장 앞에 도착하시자 급격하게 얼어붙으셨다.

"후, 후."

"……."

어째 나보다 더 긴장하신 것 같은걸.

나는 차에서 내리기 전, 아버지와 어머니를 마주 보며 미소 지었다.

"긴장하지 마세요. 그냥 즐기세요."

그러자 어머니가 대뜸 말씀하셨다.

"아니, 이게 잘 안 외워지네."

어머니의 손에는 영어로 적혀 있는 인터뷰 멘트가 들려 있었다.

푸하! 그런 이유였어? 역시, 우리 어머니는.

아카데미 시상식의 레드카펫 행사가 시작되었다.

작년과 분위기는 크게 다르지 않다. 화려한 턱시도와 드레스를 입은 스타들이 줄지어 입장했고, 이를 취재하는 사람들로 가득했다.

모든 일에는 '순서'가 있다. 작년에는 '외국어영화상' 부문으로 초청되었기 때문에 비교적 빠르게 입장하여 안에서 시간을 보내었지만, 이번에는 다르다.

나와 레오의 등장은, 올해 아카데미 시상식의 백미이기도 하다. 그렇기에 당연히 마지막 조에 속했고, 내 등장 바로 다음이 하이라이트라고 할 수 있는 레오파드 비트리오의 등장이다.

레드카펫의 분위기가 후끈 달아오르고 점점 분위기가 절정을 향해갈 무렵. 빌이 내게 물었다.

"재희, 준비됐나요?"

드디어 내 차례가 되었다.

나는 고개를 끄덕이며, 부모님을 바라보았다. 아버지는 황급히 청심환 하나를 꺼내어 입에 삼키셨고, 어머니는 드레스를 부여잡고 심호흡하셨다.

"가시죠."

"좋아요, 가자고요! 재희! 아카데미를 쓸어버리자고요!"

빌이 흥분한 야구 코치처럼 무브무브를 외쳐댔고, 우리는 시끌벅적한 분위기를 정면으로 맞서며 리무진에서 내렸다.

"와아!"

내 등장에 환호성이 터져 나왔다.

나는 자신만만한 미소와 함께 손을 흔들어 보였고, 다른 한 손으로는 어머니의 손을 잡고 함께 걸었다. 어머니의 손끝이 미약하게 떨리고 있었고, 나는 이를 강하게 잡아주었다.

그리고 아주 작은 목소리로 말했다.

"웃으세요."

그러자 어머니는 정신을 번쩍 차리며 활짝 웃으셨다.

역시, 웃는 얼굴이 너무 매력적이시다.

"올해 아카데미는, 그야말로 놀라움의 연속입니다. 그 이유가 뭔지는 다들 아시겠죠?"

"음, 제 아들 때문인가요?"

"맞아요! 자 일단, 이거 한 잔 받으세요."

할리우드 레드카펫 행사의 최고봉은 역시 지기엘카 쇼. 진행자 지기엘카는 올해에도 역시 데킬라를 할리우드 스타들에게 권하며 시상식을 더욱 북돋웠는데, 그의 레이더망에 어머니가 걸렸다. 어머니는 지기엘카가 건넨 데킬라를 넙죽 받아 마시시더니.

"어맛!"

몸서리치셨고, 이를 두고 지기엘카가 깔깔거리며 웃었다.

"으하하! 조심하세요."

어머니는 장난스럽게 지기엘카를 노려보시더니 더듬더듬 영어로 말씀하셨다.

"그런데, 제 아들이 왜 놀라운 일이라는 거죠?"

"그야, 이제껏 아카데미에서는 보기 힘든 일이니까요. 남우주연상 후보라니!"

그러자 어머니가 반박하듯 말씀하셨다.

"내 아들이 남우주연상 후보인 것이, 이상하다는 말로 들리네요?"

"……."

우하!

그야말로 핵폭탄급 돌직구나 다름없다. 그제야 자신이 말실수를 했음을 인지한 지기엘카는 자신의 머리를 장난스럽게 콩콩 때리며 말했다.

"제가 술에 취했나 보네요. 사과할게요. 전혀 이상한 일이 아니죠. 재희는 자신의 능력을 모두에게 입증했으니까요."

그러자 어머니는 만족스럽다는 듯 웃으셨다.

데킬라 한 잔을 마시고 긴장이 싹 풀리신 듯 어머니는.

"햐."

괴상한 탄성과 함께 당당하게 레드카펫을 밟아 들어가셨고, 그 모습을 보며 아버지는 머리를 절레절레 흔드셨다.

"네 엄마. 지금 취했다."

"……."

그러게 말이에요.

지기엘카 쇼가 끝나고 레드카펫 끝에 서서 우리는 기자단을 향해 손을 흔들었다. 어머니와 아버지는 불청객이 아니라, 극진한 환영을 받는 내 모습을 보자 조금 편해지신 듯, 함께 손을 흔드셨다.

하지만, 내 시선의 끝은 한 곳으로 고정되어 있었다.

내 다음으로 레드카펫을 밟은 할리우드 스타. 레오파드 비트리오. 이 씬의 화룡점정을 찍은 그가, 십수 명의 사람들을 거느리고 당당하게 등장했다.

어김없이 지기엘카가 나타나 그에게 물었다.

"이봐요, 레오! 올해에도 남우주연상 후보에 올랐어요. 이게 몇 년 연속이죠?"

"십 년은 넘은 것 같은데."

"14년이죠. 이제는 모두가 한마음으로 기도하고 있어요. 올해에는 제발 레오가 받기를!"

"하하! 고마워요."

"그러니 이거 한 잔 받아요."

레오가 플라스틱 잔에 담긴 데킬라를 받아들고는 눈썹을 꿈틀거리며 잔을 비워냈다. 그러고는 양손을 위로 번쩍 들자, "와!" 하는 탄성이 터져 나왔다.

"저 친구지?"

어머니가 레오를 향해 힐끔거리며 물으셨다.

"남우주연상 경쟁하는 배우."

"네."

"영화에서 많이 봤는데. 실제로 보니 별로다."

"······."

제 생각도 그래요, 어머니.

작년 아카데미 가장 다른 점은. 올해에는 도재희 전용 '프레싱 섹션'이 존재한다는 것. 한국에서는 L&K의 이무택 대표와 권우철 대표가 회사 직원들을 대동하고 나타났고, 내 에이전시인 UAA 사람들이 대거 자리했다.

그뿐만이 아니다. 하이마운트 픽쳐스나, 19세기 무비베어 같은 대형 영화사에서도 나를 보기 위해 방문했고, 나와 함께 영화를 찍었던 감독과 배우들은 이 섹션을 꼭 한 번씩 들러 인사를 나누었다. 그러니 바글바글할 수밖에 없다.

서버들이 샴페인이 담긴 쟁반을 들고 움직이고, '내 사람'들은 자유롭게 움직이며 술과 파티를 즐긴다.

나와 어머니는 빼고.

"재희, 저를 기억하나요?"

"물론이죠."

"작년에 '외국어 영화상' 수상 후보로 아카데미를 찾았던 재희를 제가 인터뷰했었죠. 그런데 불과 1년이 지났어요. 그사이, 너무나 많은 것이 변했죠. 남우주연상 후보라니! 어떻게 생각해요?"

"환상적입니다."

"환상적이죠. 옆에 계신 분은 어머니인가 보군요?"

"네. 맞아요."

"반갑습니다."

진행자의 인사에 어머니가 싱긋 웃어 보이셨다.

"반가워요."

확실히 이 자리를 즐기고 계신다.

"이런 질문을 드리기는 조금 조심스럽습니다만, 아드님이 이례적일 정도로 할리우드에서 큰 지지를 얻고 있습니다. 이는, 참으로 보기 드문 일인데 어떻게 생각하시나요?"

긴 지문에 통역사가 옆에 붙어서 통역을 시작했고, 어머니는 질문을 유심히 듣더니 카메라를 똑바로 응시하며 말씀하셨다.

"특별한 일은 아니라고 생각해요."

그것도 한국어로.

어머니의 당당함에 진행자가 신이 난다는 듯 말했다.

"재희의 대단한 자신감이 어디에서 나왔나 했더니, 어머니를 닮았군요."

어머니가 자랑스럽다는 듯 어깨를 펴며 맞장구쳤다.

"그럼요. 저를 쏙 빼닮았죠."

"재희는 할리우드의 새 바람이죠. 만약 오늘, 재희가 오스카를 품에 안게 된다면, 분명 특정 문제점을 안고 있는 할리우드에 어떤 메시지가 될 수 있으리라고 확신합니다. 저를 비롯해서 많은 이들이 재희의 수상을 진심으로 기원하고 있어요. 보고 싶지 않나요?"

"아, 그런 게 있나요? 보고 싶어요."

"좋아요. 그럼 저기 화면을 만나보시죠."

진행자가 화면 한 곳을 가리켰고, 그곳에는 오스카 제작진들이 준비한 영상이 담겨 있었다.

-헬로우, 재희!

영화 〈쓰나미 인 캘리포니아〉에 출연했던 배우들이었다.

다른 말로는, 내가 선언했던 인클루전 라이더. 다양성은 존중하자던 내 제안 덕분에 늘어난 T.O로 캐스팅되었던 유색인종 배우들이었다.

-재희는 정말 특별한 배우입니다. 그가 아니었으면, 진작 포기하고 고향으로 돌아갔을지도 몰라요.

-솔직한 의견이요? 할리우드에 한 방 먹여줬으면 좋겠어요. 우리도 할 수 있다고요.

-만약 오스카보다 위대한 상이 존재한다면, 그건 재희를 위해 주고 싶어요. 이건 분명합니다.

나를 사랑하는 배우들의 응원. 이뿐만이 아니었다.

-제가 보았던 친구 중 가장 당돌하고 패기 넘치는 친굽니다. 하지만 겸손할 줄도 알죠. 그는 매우 스페셜해요.

-재희요? 함께 작업해서 매우 즐거웠던 친구에요. 그는, 마치 기계같이 정확한 연기만을 보여주죠. 모두 계산되어 있어요. 하지만 실제로는 누구보다 인간적인 친구입니다.

-입 닥쳐 오너. 내 대사까지 하면 어쩌자는 거야?

〈게라드 쇼〉의 게라드 윌리엄 주니어도.

코너 오웬, 오너 오웬. 〈패브리케이터〉의 오웬 형제가 투닥거리는 모습도.

-재희는 인간적으로는 소박한 사람이지만, 누구보다 강한 사람이기도 해요. 약자에겐 한없이 약하고, 강자에겐 누구보다 강하죠. 제가 정말 좋아하는 친굽니다.

-재희의 재능은 끝을 알 수가 없어요. 이건, 정말! 미친……! 아, 죄송합니다. 어쨌든, 보면서도 믿기지 않을 정도로 대단한 재능을 가졌어요. 저와 비슷하게 말이죠.

-재희가 오스카에 어울리냐고요? 푸하, 재미있는 질문이네

요. 그럼 제가 반대로 물을게요. 대체 누가 어울리죠?

내 할리우드의 첫 번째 인연인, 조셉 이든 캣맨도.
〈쓰나미 인 캘리포니아〉의 앤소니 옐친 감독도.
자신만만한 팝(Pop) 스타 엘라니 오코너도.

그리고 마지막으로.

-도 배우님이요? 시나리오를 쓰다 보면 도 배우님이 안 떠오르는 시나리오가 없을 정도입니다. 가능하다면 제 작품에 평생 출연해 주셨으면 할 정도로. 그는 제 첫 번째 페르소나입니다.

박진우 연출의 얼굴이 스크린 가득 나오자, 카메라가 나를 비추고 있다는 것조차 잊은 채, 빵! 터지며 뒤에 있던 박진우 연출의 어깨를 붙잡았다.

"푸하! 감독님, 대체 저런 것은 언제 찍으신 거죠?"

그러자 박진우 연출이 머쓱한 듯 뒷머리를 긁적였다.

"비밀로 하느라 힘들었습니다."

이것으로 영상이 끝이 났다.

"어떠셨어요?"

진행자의 물음에 나는 손가락으로 눈썹을 긁적이며 탄성을 내뱉었다.

"아."

마지막에 웃어서 다행이다. 눈물이 핑글 돌았기 때문이다. 덕분에 티 나지 않게 넘어갈 수 있을 것 같다.

"감사합니다. 저는 평생 오늘 이날을 잊지 못할 것 같습니다. 감사한 사람들이 너무 많아요. 전화 드리겠습니다."

내가 주절주절 이야기를 하자 진행자가 능숙하게 정면 카메라를 바라보며 말했다.

"좋아요. 당신의 수상을 기원합니다. 지금까지 남우주연상 후보인, 도재희 배우를 만나보았습니다."

우리를 향하던 카메라에 빨간 불이 꺼지며 인터뷰가 끝났다. 제94회 오스카의 메인 방송은 마지막 남우주연상 후보인 레오의 인터뷰 쪽으로 넘어갔고, 나는 복잡해진 속을 부여잡고 진행자와 악수를 나누었다.

"감사합니다."

정말 가슴 한구석이 복잡해진다. 당당하게 싸우고, 쟁취하자는 전투적인 마음으로 왔는데 조금 감성적으로 변하는 느낌이다.

"후."

짝짝.

나는 이를 털어내려 노력하며 뺨을 두어 번 두드렸다.

그러자 영미 씨가 내 앞에 서며 말했다.

"분장 지워져요."

영미 씨는 등이 파인 까만 블랙 드레스를 입은 채로 나를 따라다니며 분장을 체크해 주었는데.

"오빠, 울었어요?"

눈물의 흔적을 발견하고는, 놀라며 되물었다. 내가 대답하지 않고 조용히 고개를 가로젓자 영미 씨는 고개를 끄덕이며 조용히 분장을 수정해 주었다.

"오빠 우는 거 처음 본 것 같은데."

분장 수정이 끝나고, 한마디를 툭 던졌다.

"은근히 약한 모습도 있네요."

"푸하."

그 말을 듣자, 실소가 터져 나와 그만, 웃어버렸다.

"울다가 웃으면 엉덩이에 뭐 난다고 하던데. 못 들어봤어요?"

"됐거든요."

"진짠데."

아이고. 정신이 하나도 없다. 울다가 또 웃다가.

시상식이 시작하기도 전부터 기분이 멜랑꼴리하다.

"재희! 입장해 주세요."

그때, 시상식의 시작을 알리는 영화제 진행요원이 내 쪽으로 다가왔고, 나는 박진우 연출과 함께 시상식장 안으로 들어

섰다.

"힘내. 재희."

이무택 대표님과 권우철 대표님 등. L&K직원들이 내 등을 토닥여 주며 3층 객석으로 올라갔고, 나는 어머니 아버지를 모시고 1층 가장 앞줄로 들어섰다.

객석 위치부터가 작년과 여러모로 달라져 있다. 언제라도 앞으로 튀어나갈 수 있도록, 굵직한 수상 후보자들을 앞에 몰아두었기 때문이다.

나는 크게 심호흡하며 자리에 앉았다. 주변에 앉은 수많은 영화인들이 내게 눈인사를 보내왔고, 나는 자연스러운 미소로 이에 화답했다.

그러다, 내 바로 건너편 객석에 앉아 있는 레오와 눈이 마주쳤다.

레오파드 비트리오. 올해, 남우주연상 수상이 가장 유력한 거물급 영화배우.

그의 여유로운 미소 뒤에는, 나에 대한 견제보다는.

'너를 인정한다.'

이런 느낌이 드는 것은 왜일까.

'정정당당하게 한번 붙어보자'라는 의미로 비치는 것은, 그저 내 감성적인 기분 때문일까. 아닐 것이다.

그와 있었던 과거 논쟁이나, 개인적인 관계가 어떻든지 간에, 나는 배우로서 그를 존중하고. 그도 나를 존중할 것이다.

"……."

내가 슬쩍 미소 짓자, 레오도 장난스러운 미소로 답했다.

……역시.

"이제, 시상식을 시작하겠습니다. 장내에 계신 분들께서는 모두 자리에 앉아주시기 바랍니다."

제94회 아카데미 시상식. 검독수리들의 경연장.

"시작하겠습니다!"

그 화려한 막이 올랐다.

제94회 아카데미 시상식. 무대 전체를 아름답게 수놓은 화려한 샹들리에. 이 화려한 샹들리에들보다 더 환하게 빛나는 수상자들의 눈물과 수상 소감.

이렇게 자리에 앉아 수상 소감을 듣고 있으면, 심장이 너무 두근거려 가만히 앉아 있을 수가 없을 정도다.

작년. '외국어 영화상' 수상 실패로 짧게 끝났던 수상에 대한 단꿈과 오늘은 다르다.

수상자들이 늘어날수록, 기대감은 더욱 커져만 가고 이들의 기쁨에 공감하며 가슴 한구석이 뜨거워진다.

나는 이 경연장에 100% 몰입하여 수상 소감이 끝나면 뜨거운 박수를 보내고, 자리에서 일어나 환호했다. 너무나 진솔한 수상 소감에 공감하며 마음 한구석이 찡해지는 경험도 했고, 옛날의 내가 떠올라 북받쳐 오르는 마음을 진정시키기가 힘들어 손수건이 필요하기도 했다.

왜 일까. 왜 유독, 여기서만 이런 것일까.

부모님이 옆에 계시기 때문일까. 아니면, 너무나도 격하게 원하던 상이기 때문일까.

나조차도 모르겠다.

왜, 가끔 그런 일이 있지 않은가. 이유는 알지 못하는데, 괜히 실없이 울고 웃고 싶은 날.

오늘이 그런 날이었다. 아니, 어쩌면 쌓이고 쌓여 있던 감정의 둑이 단번에 무너졌기 때문일지도 모르겠다.

나를 응원해 준 저들 앞에서 당당하게 수상 소감을 발표하고 싶으니까.

"다음 남우주연상 시상은, 전년도 수상자인 지미 니콜라이가 시상을 도와주겠습니다."

시상을 도와줄 전년도 수상자인 지미 니콜라이가 달콤한 황금색 피부를 가진 오스카와 흰 봉투를 손에 들고 무대로 걸어 나왔다.

"반갑습니다. 지미 니콜라이입니다."

시상자의 짧은 인사가 흘러나오는 사이. 내 심장은 계속해서 뜨겁게 펌프질을 했고, 다섯 명의 후보의 얼굴이 스크린에 공개되고 대망의 남우주연상 발표가 남았을 때.

나는 두 귀를 막아버리고 싶은 충동을 느꼈다.

하지만 이렇게 긴장한 티를 낼 수는 없는 노릇이다. 나는, 한 손으로 코와 입을 가린 채 최대한 덤덤한 얼굴로 스크린을 응시했다.

남우주연상. 6,000여 명의 아카데미 멤버들의 수상자 선정 기준은 까다롭다.

수년 전. #OscarSoWhite.

아카데미 연기자 부문 수상후보 모두가 백인으로 구성되어 논란이 된 이후, 여성과 유색 인종 멤버의 숫자가 확연히 늘어났다. 거기다, 작년 도재희에 동양인 비하발언을 해 논란이 되었던 존 미켈과 #Do 이후엔 분위기가 급물살을 타기 시작했고 현재, 수상을 결정짓는 6,000여 명의 아카데미 멤버는 정말 다양한 사람들로 구성되어 있다.

그렇기에, 변수가 많았다. 가장 큰 변수는, 동양인인 도재희가 아카데미 남우주연상 후보에 들었다는 것이리라.

하지만, 올해는 보다 더 특별하다.

남우주연상은 특히, 누가 받아도 이상하지 않을 라인업이었다. 전년도 남우주연상 수상자인 지미 니콜라이가 무려 두 작품이나 공개했음에도, 남우주연상 후보에도 들지 못할 정도로 막강한 배우들이 즐비했다.

동성애의 사랑을 다룬 〈오션 오브 스트릿〉. 바하를 연주하며 맨하튼 길거리에서 살아가는 노숙자를 다룬 음악영화 〈맨하튼의 시인〉. 우주 SF 상상력을 극대화 시킨, 〈스텔라 어웨이크〉 레오가 주연이라는 사실만으로도 화제가 되었고, 미국인이 사랑하는 서부의 복수활극을 다룬 영화 〈리벤지 아메리카〉.

그리고 〈알카트라즈〉까지.

이 영화들에서 주연으로 열연한 다섯 명의 배우는 2021년 한 해 동안 미국에서 가장 많은 사랑을 받은 배우들이고 의심할 여지가 없는 명품 배우들이다. 이 다섯 명의 배우 모두가 숨을 죽이고, 지미 니콜라이의 다음 말을 기다렸다.

"수상자를 발표하겠습니다. 수상자는."

찰나의 순간이 억겁처럼 느껴지는 순간 모두가 지미 니콜라이의 입술만을 주시했고, 그 입술이 열림과 동시에 환희와 실망감이 교차했다.

"알카트라즈! 재희!"

"와!"

지미 니콜라이의 입에서 튀어나온 말 한마디가 불러온 파장은 어마어마했다. 터져 나오는 함성소리와 함께 우레와 같은 박수갈채가 쏟아졌고 객석을 가득 채운 모든 영화인들이 자리에서 벌떡 일어나 기립 박수를 보내왔다.

그 틈에는 레오도 있었다.

레오파드 비트리오. 벌써 14년 째 남우주연상 수상과 멀어진 그는, 씁쓸한 얼굴로 객석 정면을 응시했다.

스크린에는 자리에서 일어나 어머니와 포옹하는 도재희의 얼굴이 걸려 있었다. 그 모습을 보며 씁쓸한 미소를 지어보인 레오는 조용히 시선을 거두었다.

하지만, 그런 그 앞에 누군가 섰다.

"……?"

도재희였다.

··· 8장 ···

내 영웅들

지미 니콜라이가 내 이름을 부르는 순간.

나는, 비로소 웃을 수 있었다.

아무런 근심 걱정 없는 환한 웃음.

"꺄아!"

내 옆에 앉아 있던 어머니는 자리에서 벌떡 일어나며 탄성을 내질렀고, 아버지는.

"예스!"

자리에서 벌떡 일어나 나를 왈칵 껴안아주었다. 나는 미소가 만연한 얼굴을 유지한 채 어머니와 뜨겁게 포옹을 하고, 앞으로 걸어 나왔다.

카메라가 나를 비추며 천천히 뒤로 물러났지만, 내 움직이는 동선은 반대였다.

내가 향한 곳은 레오.

"……"

레오가 찰나의 순간 당황스러운 듯 뒤로 몸을 물렸지만, 나는 두 팔을 벌렸고 레오는 머쓱한 얼굴로 내 포옹 제의를 받아들였다.

툭툭.

나는 레오의 등을 두 번 두드리고는 몸을 떼어내었다. 존경의 의미이자, 나와 같은 영화에 출연해 준 배우에 대한 예의였다.

"……"

레오 역시, 기분이 썩 나쁘지는 않은지 고개를 갸웃거리고는 이제껏 보여준 적 없는 아주 솔직한 미소를 지어 보였다.

나는 당당하게 걸어 올라가 지미 니콜라이와 가볍게 포옹한 뒤, 그렇게나 들고 싶어 했던 오스카를 들어 올렸다.

더 이상, 술잔에 비친 오스카가 아니라 내 품에 안긴 실제 오스카. 작년의 나는, 온갖 욕심이 덕지덕지 붙은 얼굴로 이 자리에 서서 오스카를 들어 올리고 싶어 했었다.

막상 서보니 알겠다. 겉으로 보기에는 오스카를 들어 올리는 승자와 들어 올리지 못하는 패자. 이렇게 둘로 극명하게 나뉘고 있지만 이는, 이 시상식을 좀 더 자극적으로 표현하기 위한 장치일 뿐이라는 것을.

이것은, 파티다. 모두가 하나되어 함께 즐기는 파티.

"워우!"

환호하는 사람들을 보고 있자니, 조금은 부끄러워지기도 했다. 나는 머쓱한 얼굴로 옆머리를 긁적이며 말했다.

"고맙습니다. 그리고 감사합니다. 이 상을 주신, 아카데미와 6,000여 명의 아카데미 멤버들에게 감사를 표합니다."

울컥하는 무언가가 치밀어 오르지만, 나는 최대한 웃는 얼굴을 유지하며 나와 같은 수상 후보들을 가리켰다.

"후보에 올랐던 다른 배우들에게도 감사합니다. 제 생각에는 이들의 연기는 나무랄 데 없이 하나같이 훌륭했고, 흠잡을 곳이 없었습니다. 이것은 승부가 아니라, 선택이었을 뿐입니다."

스크린이 레오를 가리켰다. 레오도 기분 좋은지 과장된 제스처를 취하며 어깨를 들썩였다.

나는 박진우 연출을 가리키며 말했다.

"감독인 박진우에게도 감사합니다. 당신은 지난 5년간 제게 언제나 올바른 방향성을 제시했고, 저는 그것을 충실하게 연기했을 뿐입니다."

스크린이 박진우 연출을 가리켰다. 박진우 연출은 묘한 얼굴로 나를 바라보며 엄지를 치켜들었다.

"저를 매일 조금 더 나아가게 만드는 존재인 부모님에게도 감사합니다."

스크린이 부모님을 번갈아 가며 가리켰다.

부모님은 닭똥 같은 눈물을 흘리며 손수건으로 눈물을 닦고 계셨고, 이를 응원하기 위한 환호성이 짧게 터져 나왔다.

"지금 뿌듯해하시는 얼굴을 보니 너무 기쁩니다. 당신들은 제 삶의 원동력입니다. 항상 감사합니다."

이때, 가장 큰 박수갈채가 터져 나왔다. 잠시 소감은 소강상태가 이르렀지만 아직 내 소감은 끝나지 않았다.

"저는 오늘을 기억할 겁니다. 오늘의 저는, 제가 배우의 꿈을 품었던 어린 시절부터 만나길 꿈꿔왔던 영웅이니까요. 오늘 영웅이 꿈꾸던 어린 소년에게 잡혔습니다. 그럼 제 영웅이 사라졌냐구요?"

장내가 고요해졌다.

"아니요. 그렇지 않습니다. 10년 후의 제 모습은, 오늘의 영웅일 테니까요. 저는 다음 영웅을 붙잡기 위해 달려가겠습니다. 솔직히 잡을 수 있을지는 잘 모르겠군요. 그 영웅이 여기에 있을지, 한국에 있을지, 어디에 있을지도 잘 모르겠군요. 아무것도 모르겠어요."

10년. 20년. 30년. 매일, 매달, 매년 멀어져가는 내 영웅의 뒷모습을 바라보며.

"하지만, 쫓아가겠습니다. 왜냐구요."

계속해서 달려 나가겠다. 평생 잡을 수 없는 허상일지라도, 계속해서 쫓아가겠다.

"그게 제 삶의 원동력이 될 테니까요."

박수가 더욱 커졌고, 나는 이를 가라앉히기 위해 손을 들어 올렸다.

마지막이다.

"저와 함께 달려갈 사람들의 곁에 항상 머물겠습니다. 그들에게 외치겠습니다. 인클루전 라이더. 감사합니다."

내 마지막 외침과 동시에 수상 소감이 끝났음을 의미하는 클래식 반주가 흘러나왔다. 어마어마한 박수갈채와 함께, 나는 그 자리에서 황금색 오스카를 들어 올렸다.

10년 후의 나? 모르겠다.

지금 당장은, 이 꿈같은 순간을 아주 천천히 즐겼다.

파노라마처럼 스쳐 지나가는 옛 기억의 조각들.

대사 한 줄.

지나가는 배역 하나.

연기가 하고 싶어 대본을 달달 외우고 읽어보던 나.

그 풋내기, 아니, 이상한 배우 하나가 오스카 무대에서 정상을 소리친다.

"감사합니다."

오늘만큼은 동양인 배우가 아니라. 한 명의 배우로서.

가장 값진 인정을 받은 배우가 되었다.

그래. 나는 오늘, 할리우드의 왕이 되었다.

150여 명의 인원이 참석한 아카데미 뒤풀이는 아침이 되도록 끝날 기미가 보이질 않았다.

"마셔!"

"예!"

리조트 하나를 통째로 대관하여 진행된 파티에는, L&K, UAA, 나와 함께 영화를 진행했던 다수의 사람들이 대거 참석했다. 그중에는, 나를 축하해 주기 위해 뉴욕에서 LA까지 날아 왔다는 팝스타 엘라니 오코너도 있었다.

그녀는 신난다며 술을 잔뜩 마셨고, 기분이 좋은지 무대 위에서 노래를 불렀으며 덕분에 우리는 세계적인 팝스타의 라이브를 실시간으로 들을 수 있었다.

엘라니 오코너는, 처음 이탈리아에서 마주쳤던 그날처럼 아주 매력적으로 웃어 보였다.

"감독님, 결혼 축하드려요오."

엘라니는 잔뜩 꼬부라진 혀로 박진우 감독의 결혼을 미리 축하해 주기도 했고.

"정말 불러준다니까요!"

축가를 불러주겠다는 말도 안 되는 약속까지 해버렸다.

어머니와 아버지는 엘라니 오코너와 한참을 대화했는데, 대체 무슨 대화를 하는 거야.

아, 어지러워. 세상이 핑글핑글 돈다. 이게 대체 무슨 일이야?

여기까지가 내 기억이다.

"······."

정말, 진탕 마셔 버렸다.

파티에 참석한 사람들 한 명 한 명과 건배를 해주며 술을 받아 마셔 뻗어버렸기 때문이다.

내가 눈을 떴을 때는, 이미 해가 중천에 뜬 뒤였다.

잠든 곳은 숙소. 어떻게 들어왔는지 기억도 나지 않는다.

나는 천근만근 무거운 몸을 이끌고 자리에서 일어나려 했는데 발아래에 무언가가 걸렸다.

폭신.

멈칫했다. 본능적으로 알 수 있었다.

이건······. 사람이다.

'설마.'

나는 자리에서 일어나 허겁지겁 이불을 들춰냈는데, 이불 아래에는 재익이 형이 쌔근쌔근 잠들어 있었다.

"하."

다행이다.

나는 한숨을 푹 내쉬었고, 내 인기척에 깬 재익이 형이 입가에 묻은 침을 슥 닦으며 말했다.

"일어났어?"

"아, 네. 왜 여기서 주무셨어요?"

"응? 모르겠네."

"……"

"씻고 나와. 밥 먹자."

씻고 리조트 로비로 나가자, 나를 기다리고 있는 것은 식당이 아니라 기자단이었다. 할리우드 왕의 세부적인 인터뷰를 따내기 위해 꼭두새벽부터 리조트 앞에서 진을 치고 있는 할리우드 연예부 기자단.

"한마디만 해 줘. 그리고 밥 먹자."

권우철 대표님이 나를 직접 에스코트했고, 나는 비몽사몽한 정신으로 기자들 앞에 섰다.

하지만 내 표정은 밝았다. 그 어느 때보다.

한 기자가 물었다.

"궁금한 게 너무 많지만, 우선 모두가 가장 궁금해하는 질문을 드리겠습니다."

"네. 말씀하세요."

"차기작은 어떻게 되나요? 너무 많은 추측이 오가고 있는데요. 한마디로 정리해 주시죠."

내 차기작. 할리우드냐, 한국이냐. 무슨 영화를 하느냐.

이걸 묻는 거 맞지?

"음."

아이고, 속이야. 뜨끈한 국물이 생각나는걸.

"아주 중요한 일 하나가 남았습니다. 다른 계획 다 제쳐두고, 우선 그것부터 진행할 예정입니다."

이를테면, '국수'라든지 말이야.

내가 아카데미 정상에 선 것은.

내 자신감과는 별개로, 확실히 '이례적인' 일이었다.

[동양인 최초 아카데미 남우주연상 수상! 도재희.]

[6,000여 명의 아카데미 멤버 인터뷰. "남우주연상 고르는 일, 힘들지 않았다." 어차피 수상은 도재희?]

최초의 동양인 배우 수상. 2위와 더블에 가까운 압도적인 표 차.

그래. 이례적이다.

언론들은 이를 단순하게 동양인 배우 한 명이 미국의 정상에 깃발을 꽂은 '사건' 하나로 다루지 않았다.

[유색인종 출신 할리우드 배우들의 희망이 된 한국의 작은 별.]

모든 배우들에게 나도 할 수 있다는 '희망'이 되었다.

성공을 위해 달려왔던, 지난 3년에 대한 보상을 아주 제대로 받은 순간이다. 그리고 이런 내게 쏟아진 할리우드 언론의 관심은 식을 줄 몰랐다.

'차기작이 뭐야?'

할리우드 언론들의 질문 세례에 나는, 굳이 입을 열지 않았다. 지금 내게는 차기작보다 훨씬 더 중요한 스케줄이 존재하니까.

[도재희 차기작에 대한 관심, 각종 외신 언론에서 메인에 올라.]

[할리우드 도재희 몸값. 하루아침에 두 배 이상 상승.]

[도재희, 당분간 작품 없이 휴식을 취할 것.]

[할리우드 최정상 배우 도재희. 비밀리에 국내 귀국. 차기작은 한국에서? 추측만.]

......

그리고 두 달이 흘렀다.

"스타를 찾다 시청자 여러분. 반갑습니다. 진행을 맡은 MC 한세혁 입니다. 오늘! 지난주에 예고 드렸던 대로, 아주 특별한 소식을 가져왔습니다. 바로! 아카데미 시상식에서 남우주연상을 받았던, 도재희 배우님의 소식인데요. 시상식 이후 공식 석상에서 단 한 번도 모습을 드러낸 적이 없어서 많이들 궁금해하셨지요. 몸이 아픈 것이 아니냐, 은퇴하는 것이 아니냐, 추측들이 많았었는데요. 오늘, 그 도재희 배우가 공식적인 자리에 나타난다고 합니다. 자! 그럼 만나보시죠. 오채연 기자!"

-네 안녕하세요. 〈스타를 찾다〉의 오채연입니다. 저는 지금, 전 세계가 사랑한 배우. 도재희 배우를 만나기 위해 강남의 어느 결혼식장 앞에 나와 있습니다.

"결혼식장이요? 자세한 현지 상황 설명 좀 해주십시오."
〈스타를 찾다〉를 제외하고도, 이미 바글바글한 취재 인파로 정신이 하나 없는 이곳. 강남의 에버가든 예식장.

진행자의 질문에 도재희가 신인이던 시절부터 인연이 깊었던 오채연 기자가 미소를 머금었다.

　-네. 결혼식장입니다. 할리우드에서도 궁금해했던 도재희 배우의 행보는, 다름 아닌 결혼식 사회자였습니다.

　"결혼식 사회자요? 조금 의외인 모습인데요."

　-하지만 내부를 살펴보면 놀라운 모습은 아닙니다. 결혼식의 주인공이 바로, 도재희 배우와 국내 스크린 데뷔를 함께했던 영화감독, 박진우 감독이기 때문이죠.

　"아. 그렇군요!"

　-도재희 배우의 회사 관계자 말에 따르면, 신랑 박진우 감독과 신부 김민희 PD 두 사람의 결혼식 소식을 듣고, 자신이 꼭 사회를 보고 싶다고 먼저 청했다고 합니다. 다른 스케줄은 일절 잡지 않고, 오늘 결혼식을 최우선으로 생각했다고 하는데요. 두 사람의 각별한 우정을 확인할……. 어, 어맛!

　생방송으로 진행되는 도중, 사고가 터졌다. 진행을 보고 있던 오채연 기자가 인파에 밀려 옆으로 밀려난 것. 순식간에 화면은 진행석 MC에게로 돌아갔고, MC는 조금도 당황하지 않고 생방송 사고에 능숙한 듯 말을 이어갔다.

"현지 사정이 인터뷰를 이어가기에 조금 좋지 않은 것 같습니다. 아무래도 도재희 배우가 나타난다는 소식에 각국의 외신 기자들까지 몰려든 탓이 아닐까 싶은데…… 아, 지금 소식이 들어왔네요."

진행용 모니터를 읽던 진행자의 눈동자가 커졌다.

"엘라니 오코너……. 18세에 그래미 상을 수상한 천재 싱어송라이터로 유명하죠. 도재희 배우와 각별한 우정을 공공연하게 드러낸 적이 있는데, 그런 그녀가 지금 한국에 나타났다고 합니다. 이게 무슨 일인지, 현지 연결해 보겠습니다. 오채연 기자?"

-네! 오채연입니다. 이곳은 지금 아수라장입니다. 결혼식장 앞에 너무 많은 취재진이 몰려든 탓에 원활한 방송이 진행되지 않고 있는데요. 어쨌든 놀라운 일들이 펼쳐지고 있습니다. 엘라니 오코너, 조셉 이든 캣맨 등. 할리우드 스타들이 이곳을 찾고 있다는 것입니다. 놀랍습니다. 한 명도 쉽게 보기 힘든 할리우드 스타들이 지금도 줄지어 등장하고…… 아아앗! 밀지 마세…… 도재희? 도재희? 앗! 도재희 배우가 등장했습니다!

카메라가 요동치듯 움직였다. 잠시 화면 조정이 이루어지는 듯하더니, 이내 원활하게 방송이 나가기 시작했다.

카메라에 잡힌 모습은, 입구에서 손님들을 맞이하고 있는 영화감독 박진우와 그와 인사하는 할리우드에서 날아온 셀럽들. 그리고. 가장 마지막에 등장하며 모든 이들의 관심을 한몸에 집중시킨 배우 도재희였다.

-도 배우님! 여기 좀 봐주십시오!
-도재희 배우님!
-재희 씨!

아수라장에도 도재희는 줄곧 한 곳만을 바라보았다.

바로, 신랑 박진우였다.

박진우에게 다가간 도재희가 입을 열었다.

"감독님, 축하드립니다."

그리고 아주 장난스럽게 웃으며 예식장 직원에게 '식순'이 적힌 종이를 받아들며 말했다.

"저는 리허설 하고 오겠습니다."

누구에게는 고작 결혼식 사회일 수 있지만.

내게는 그 무엇보다 중요한 일이다.

"다음은, 아름다운 신부 입장이 있겠습니다. 참석해 주신 분들은 모두 자리에서 일어나 아름다운 신부를 축하해 주십시오. 신부 입장!"

결혼식의 꽃. 신부 입장.

치마보다는 청바지를 자주 입고, 원피스보다는 후드티가 잘 어울리던 여자. 박진우 연출의 뒤를 받쳐 몇 년간 현장에서 구르고 구르던 강인한 여성인 김민희 PD는, 행진곡에 맞춰 아름다운 5월의 신부가 되어 나타났다.

새하얀 드레스를 곱게 차려입고, 아버님의 손을 잡고 수줍은 미소로 나타난 그녀는.

"워우!"

수많은 셀럽들의 박수를 받으며 아주 천천히 신랑인 박진우 연출에게 다가갔다.

박진우 연출의 얼굴이 수줍은 홍당무처럼 빨갛게 변했다. 하지만 세상 가장 행복한 미소를 내내 유지했는데, 이 모습을 보고 있자니 어째 마음이 이상해진다.

5월의 봄. 세상 부러울 것 없는 나지만, 부럽다고 할까.

이거, 연애라도 해야 하나.

엄숙해야 할 결혼식은 시종일관 유쾌한 분위기로 진행되었다.

"다음은, 며느리에게 읽는 시아버지의 편지 시간을 갖겠습니다. 아버님. 자리에……."

"잠깐!"

예식장 문을 박차고 들어와 깽판을 부리는 남자. 〈알카트라즈〉에서 나와 함께 호흡을 맞추었던 근육남 마초 배우, 폴이었다.

"감히 나를 두고 결혼을 해!"

거구의 배우가 문을 박차고 들어와 전형적인 아침 드라마급 대사를 치자, 모두가 그 자리에서 얼어붙…… 긴.

모두가 낄낄거리며 웃기 시작했다.

"내 사랑!"

그런 폴이 성큼성큼 앞으로 다가가기 시작했다.

사람들은 호기심 가득한 시선으로 이를 주시했고, 신랑을 한 대 칠 기세로 앞으로 달려 나간 폴은 난데없이 누군가를 끌어안았다. 하지만, 모두의 예상과는 다른 전개였다.

끌어안은 사람은, 신부가 아닌.

"으엇."

박진우 연출이었으니까.

"감독님! 어떻게 나를 두고 결혼을 하십니까! 엉엉."

신랑인 박진우 연출을 와락 끌어안은 채 폴이 아침 드라마 급의 오열을 보여주자, 장내가 발칵 뒤집어졌다.

"깔깔깔!"

"으하하하!"

폴은.

"으아앙! 감독님! 미워!"

100점짜리 찌질이 연기를 선보이며 뒤로 돌아 달아났고, 박진우 연출의 어색한 얼굴이 그대로 스크린에 담겼다.

감독님. 이거 전부 촬영되고 있는 거 아시죠?

편집도, CG도 아무것도 없는 생방송입니다.

"여기 계신 예비 신랑분들. 모두 명심하세요. 결혼 전에는 반드시 옛 연인 관계를 잘 정리해야 합니다. 특히, 자신을 좋아하는 '남자' 관리에 주의하세요."

내 말에 다시 한번 폭소가 터져 나왔고, 결혼식은 신나는 분위기로 진행되었다.

이 분위기의 화룡점정은 역시.

"축가는, 엘라니 오코너 양이 도와주시겠습니다."

축가. 어디서도 볼 수 없는 세계적인 팝 스타의 축가 공연. 엘라니 오코너는 의미심장한 미소를 지으며 앞으로 나와 축가를 불렀고.

"우와."

순식간에 장내를 콘서트로 만들어 버렸다.

오묘한 그녀가 달달한 사랑 노래를 부르니, 정말이지 환상적이다. 노래가 끝나자, 엘라니 오코너는 나를 향해 윙크를 지어 보였고, 나 역시 미소로 화답했다.

우정으로 이 먼 곳까지 와서 축가를 불러준 그녀에게 박수를.

"앵콜! 앵콜!"

앵콜 요청이 쇄도했지만, 시간 관계상 더 부를 수는 없었다.

"사진 촬영이 있겠습니다."

사진을 찍어야 하니까.

결혼식에서 빠질 수 없는 것이 바로 웨딩 촬영이다.

신부를 빼앗으려는 친구들이나, 턱시도와 드레스를 바꿔 입은 신랑 신부 등등.

다양한 컨셉으로 찍는 웨딩 촬영은 미국뿐만이 아니라, 한국에서도 인기라고 한다. 여기 참석한 셀럽들은 유명한 배우와 가수들이 대부분이다.

으음, 벌써부터 어떤 그림일지 예상되지 않나?

그래. 그야말로 기막힌 사진들이 대거 생산되었고 실시간으로 박진우 연출의 결혼식은 화제를 불러일으켰다.

나는 이 결혼식을 진행하며 무수히 많은 명장면을 실시간으로 지켜보았는데.

"오."

가장 흥미로웠던 장면 중 하나는.

"엘라니 오코너가 받았습니다!"

신부가 던진 부케를 얼떨떨한 얼굴로 받아든 엘라니 오코너였다.

"나, 곧 결혼하는 건가요?"

그녀가 부케를 받아들고 장난스럽게 웃어 보였다.

나를 향해서.

"……"

으음. 그렇게 웃지 말아요. 기분이 이상하잖아.

결혼식이 끝나고 박진우 연출과 김민희 PD는 유럽으로 신혼여행을 떠났다.

둘만의 신혼여행. 여행이 끝나는 날짜는 잡지 않았다고 한다.

내가 물었다.

"도대체 얼마나 쉬려고 하시는 거죠?"

"하하, 모르겠습니다. 머리가 정리되는 대로 돌아오겠습니다. 재밌는 아이디어를 들고요."

"으음, 언제가 될지 모르지만. 조카 얼굴은 한국에서 볼 수 있는 거겠죠?"

나는 장난스러운 질투심을 드러내며 이들을 보내주었다.

"하하! 연락드리겠습니다."

둘은 행복한 뒷모습을 보이며 비행기에 올랐고 나는 일상으로 돌아갔다.

정확히 이주 뒤에 내 앞으로 편지 한 장이 도착했다. 그 편지에는 체코의 프라하에서 찍은 박진우 연출과 김민희 PD의 사진이 담겨 있었다.

둘은 사랑스러운 미소를 짓고 있었고 행복해 보였다.

"너는 결혼 언제 할래?"

사진을 대뜸 들여다보신 어머니의 질문에 나는 대답 대신 미소를 지어 보였다.

그러자 어머니가 말했다.

"엘라니인가 그 친구. 아들한테 관심 있는 거 같던데. 아들도 알고 있지?"

"……."

"엄마 그렇게 꽉 막힌 사람 아니다. 외국인 며느리도 괜찮다는 말이야."

"험험, 이 아빠 생각도 같으니까. 언제든지 환영이다. 알지?"

"……."

부모님은 엘라니 오코너가 부케를 받고 나를 향해 의미심장한 미소를 보낸 사진을 두고 틈만 나면 이런 이야기를 꺼내신다.

어머니. 아버지.

연애는 제가 알아서 할게요.

나는 엘라니 오코너와의 다음 저녁 식사를 떠올리며 미소 지었다.

모르겠다. 뭐, 어떻게든 되겠지.

에필로그

간절함은 기적을 낳는다.

그런데 그 간절함이 사라지고 나니.

기적도 함께 사라지더라.

내 차기작에 대한 관심은 식을 줄을 몰랐고, 이제껏 들어본 적도 없는 천문학적인 수준의 금액으로 딜이 들어온다는 이야기만 들려왔다.

하지만, 나는 차기작 선택을 보류했다.

이유는.

"……"

대본이, 더 이상 내게 말을 걸지 않았기 때문이다.

내 능력. 대본이 가지고 있는 모든 것을 이해한다.

왜 이런 능력이 내게 생겼을까, 라는 합리적인 의심은 능력을 얻었던 처음부터 계속되었다.

하지만 알아낼 수 있는 방법은 없었고 어느 순간부터, 나는 이를 아주 '당연'하게 받아들이기 시작했고, 점점 익숙해져만 갔다.

익숙함은 사람을 정체시킨다.

이 달콤한 익숙함에 흠뻑 빠져 버린 나는, 아카데미의 주인공이 됨과 동시에 정체되었고 능력은 사라졌다.

"……."

왜? 알 턱이 없지.

능력이 내게 생긴 그 첫날처럼 소리소문없이 사라져 버렸다.

그저, 추측해 볼 뿐이다.

내게 절실하게 '간절함'이 사라졌기 때문이 아닐까.

그게 아니라면.

"……."

어쩌면, 이제는 능력이 필요 없기 때문일지도 모르겠다.

"오래 걸리네?"

재익이 형의 질문에 내가 빙그레 미소 지었다.

"그런가요."

"당연하지."

나를 수년간 케어했던 실적을 인정받아 팀장으로 승진한 재익이 형은 더 이상 내 개인 로드 매니저가 아니지만.

이따금씩 이렇게 나를 찾아온다.

"너 원래는 반나절이면 작품 골라내고 그랬잖아."

아마, 내가 차기작을 쉽게 결정하지 못하고 있기 때문이겠지만 나는 이런 재익이 형의 질문에 배시시 웃으며 물었다.

"형 생각은 어때요?"

"응?"

"뭐가 좋아 보여요?"

"……너 어디 아픈 건 아니지?"

"제 컨디션은 최고입니다만."

"그럼, 오늘은 해가 서쪽에서 뜨겠군."

"에이, 설마."

"왜 그래 정말? 너 작품은 칼같이 골라내고 그랬잖아. 벌써 2주째인데?"

"……"

능력이 사라졌다. 고로, 어떤 작품이 좋은 작품인지 모르겠다. 이제는 두 눈으로 모두 읽어봐야만 알 수 있다.

모든 배우가 그러하듯. 뭐, 이게 당연한 일이다.

"이거요."

차기작은 한국에서 하기로 결정했다. 나는 2주 동안 고심했던 작품들 사이에서 한 작품을 골라냈다.

제목은, 〈어제 하루〉. 아내를 잃고, 12시간 전으로 자꾸 돌아가는 타임루프물이다.

내가 이 대본을 고른 이유는 지금 처해 있는 내 상황과 비슷하기 때문일까.

이런 내 선택에 재익이 형이 고개를 갸웃거렸다.

"역시, 너는 항상 의외의 선택을 하지."

나는 아차 싶었다. 아, 이거 이상한 작품인가?

하지만 재익이 형이 씩 웃어 보였다.

"그리고, 항상 의외의 결과를 가져오고."

으음. 이번에는 확신할 수 없습니다만.

나는 대답 대신, 자신감 넘치는 미소를 지어 보였다.

그래. 완성도는 보이지 않았지만.

다년간 쌓여 있는 감은, '실력'으로 변했다.

"재밌겠네요."

나는, 나를 믿는다.

평범한 배우로 돌아가 버렸다.

아, 물론. 아카데미 남우주연상 배우라는 타이틀은 사라지지 않지만.

"어어엇! 오빠가 차에서 대본을 다 보다니!"

이제는 대본을 외워야 하거든.

영미 씨는 절대 있을 수 없는 일을 보았다는 듯 눈알을 부라렸다.

하지만 내 시선은 계속해서 대본을 향했다.

"……안 돼. 반드시 막아야 해."

그리고 계속해서 대사를 중얼거렸다.

대본 외우는 일이 원래 이렇게 어렵던가.

대사는 또 왜 이렇게 머릿속에 들어오지 않는 거지?

이 당연한 것을 이제껏 생략하듯 연기했으니, 익숙하지 않을 수밖에.

나는 머리를 긁적이며 눈을 감고 계속 대사를 되뇌었다.

"헐."

영미 씨는 이런 내 모습이 적응되지 않는 듯했다.

두세 작품을 동시에 촬영하면서도 항상 대본을 완벽하게 외워 현장에 도착하던 무결점 배우에게 '결점'이 생겼다.

대본에 쓰인 감독의 서브텍스트를 완벽하게 이해하지도 못하고 대사를 정답지 들여다보듯, 보지도 못하고. 내 연기가 감독의 마음에 100% 들 것이라고 확신할 수도 없다.

"어, 재희 씨. 연기가."

하지만, 왜일까.

"왜 이렇게 좋지?"

연기는 내 스스로가 느끼기에도 훨씬 안정적이다.

그리고 다르다.

아, 물론 대사를 외워야 한다는 점은 앞으로도 절대 바뀌지 않겠지만. 뭐랄까.

"이런 말 하기는 조금 뭐하지만…… 솔직히 말하면, 재희 씨가 출연했던 작품들에서 그동안, 약간 기계적인 느낌도 있었거든요. 너무 '대본대로' 연기를 잘하니까. 캐릭터는 신선한데, 연기는 신선하지 못했다고 할까. 그런데 이제는 아닌데요? 완전 인간적인데?"

그래. 햄릿을 연기하는 햄릿이 아니라. 햄릿을 연기하는 도재희가 된 것이다.

이 둘의 차이는 얼핏 보기에 비슷한 듯 보이지만, 극명하게 다르다. 더 인간적인 냄새를 풍긴다.

이제껏 먹어치웠던 수천 수만 개에 달하는 작품의 정보는 여전히 내 데이터베이스가 되고 있고 이런 상태에서. '대본'이라는 중심이 '나'라는 중심으로 옮겨온 것이다.

"인간적인 냄새라."

설강식 선배님이 내게 말했던, '삶'에서 찾는 연기와 비슷하다고 할까. 비로소 나를 찾은 느낌이다.

"그거, 듣기 좋은데요."

"하하! 지금처럼만 해주세요. 자! 다음 신 들어가겠습니다!"

촬영에 들어간다는 말에 나는 허둥지둥 영미 씨를 찾았다.

"앗, 영미 씨. 대본 좀."

"아! 네!"

영미 씨는 메고 있던 크로스백에서 대본을 꺼내어 내게 건네주었다.

"이거, 적응하려면 꽤 걸리겠는데요."

그러고는 대본을 가리키며 말했다.

"적응하세요. 앞으로 씬 끝날 때마다 대본 찾을 테니까."

"으음. 적응이야 하면 되는데…… 오빠. 정말 괜찮아요? 하루아침에 기억력이 나빠진 건가요?"

"저는 멀쩡해요. 오히려 예전에는 말도 안 되게 좋았다고 해두죠. 더 이상 묻지는 말아요. 다칠지도 모릅니다. 후후."

"그래야죠. 누가 제 월급 주는데. 이해해요. 누구에게나 말 못 할 사정은 있는 법이니까."

"자! 촬영 들어갈게요!"

나는 카메라 앞에 섰다.

긴장? 그런 것은 하지 않는다. 평소와 다를 것 하나 없다.

머릿속에서 굴러다니는 대사들이 조금 정리가 되지 않을 뿐이지.

이제는 책 대본을 옆에 두지 않으면 연기할 수 없는 몸이 되어버렸고.

"오디오!"

"스피드."

"카메라!"

"롤!"

책을 먹는 능력을 잃었지만.

"8-1-1"

"액션!"

배우 도재희는 건재하다.

2023년. 제95회 아카데미 시상식은, 작년보다 더욱 치열함을 예고했다. 레오파드 비트리오는 14년 넘게 남우주연상을 들지 못한, 오스카와의 악연의 고리를 올해에는 반드시 끊고자했고. 그렇게 좋아하던 섬과 파티를 일절 끊고 연기에만 몰두했다.

그 덕분에 〈분노의 암살자〉라는 영화를 통해 최고의 극찬을 받으며 남우주연상 1순위 후보에 들었다.

그리고 제94회 시상식에서 영화 〈알카트라즈〉를 통해 할리우드의 왕이 되었던 나는 올해에도 남우주연상 후보 5인에 드는 것에 성공했다.

나를 아카데미로 초대한 할리우드 영화감독은, 재미있게도. 조셉 이든 캣맨.

"드디어 재희를 내 영화에 출연시켰지!"

수년 전, 선댄스 영화제에서 나와 처음 만났을 때부터 나를 자신이 만드는 영화에 출연시키고자 했던 그는, 드디어 올해 소원을 성취했다.

영화 〈플라잉 맨〉. 날개가 없이도 날아오를 수 있음을 보여주는 평범한 회사원의 이야기.

비록, 이 영화를 찍었던 올해 내가 가지고 있던 신비한 능력은 지금은 없지만 나는 그의 영화에 출연했고 순수한 내 능력으로 아카데미 남우주연상 후보 5인방에 들었다.

이로써, 조셉의 영화에 출연하는 최소한의 예의는 갖추었다고 할까.

"재희는 올해 남우주연상의 시상자이자, 수상 후보입니다. 임하는 자세가 남다를 것 같은데요."

나는 전년도 남우주연상 수상자이며, 올해의 시상자이기도 하다.

　임하는 자세?

　"특별하죠. 하지만 다르지는 않습니다. 많은 배우들이 그렇듯, 지금은 이 파티를 즐기고 있습니다."

　"올해에도 수상을 기대하시나요?"

　진행자의 질문에 나는 멋쩍게 웃기만 했다.

　"아뇨."

　"그럼, 누가 받을 것이라 예상하시나요?"

　"글쎄요. 레오가 받지 않을까요."

　이건, 진심이다.

　그는 최고의 라이벌이지만 나는 그를 좋아하니까.

　"그의 연기는 정말, 매력적이에요."

　"그렇군요. 인터뷰에 응해줘서 고마워요, 재희. 올해에도 좋은 소식 이어나갈 수 있길 기원할게요."

　"고마워요."

　이런 내 모습을 보는 재익이 형은, 이렇게 말하고는 한다.

　"너, 요즘 뭐랄까. 뭔가 조금 달라 보여."

　"뭐가요?"

　"독기가 없어졌어."

　"으음, 반 정도는 맞는 말 같아요."

　욕심을 버리고 여유를 찾았다고 할까.

어떻게 하면 저놈을 이겨먹을까. 혹은, 어떻게 하면 남우주연상을 탈 수 있을까 라는 욕심보다는 어떻게 하면 대사를 잘 외울까를 고민하고 있다.

하하. 대사 외우는 거, 너무 어렵다고요.

"좋은 게 좋은 거죠."

싸움닭이 투계장에서 은퇴하고 평화를 찾는 비둘기가 되었다.

재미없다고? 음, 이것도 나름대로 재미있는데 말이야.

욕심을 버리고 시상자의 자격으로 아카데미 무대에 섰다.

"재희이!"

내 등장에 환호하는 이들에게 손을 흔들어주었다.

그리고 마이크를 잡고 말했다.

"이거, 올해에도 이 자리에 서게 되었네요. 분명히 저는 시상자로 왔는데, 저기에 제 얼굴이 있어도 되나 모르겠습니다."

남우주연상 5인방의 얼굴이 떠 있는 스크린.

그중 하나를 차지하고 있는 내 얼굴.

이 정도면 충분히 만족스럽잖아?

"쟁쟁한 후보들과 함께할 수 있어서 정말 영광입니다. 인사드립니다. 남우주연상 시상을 맡은 도재희입니다."

"와아!"

터져 나오는 박수갈채를 한 박자 조용히 음미했다.

감미로운 재즈처럼 들려온다.

나는 조급함 따위는 잊은 채 여유롭게 말을 이어갔다.

"1년 전 오늘. 제가 남우주연상을 수상할 때 이런 말을 했어요. 전 오늘 제 영웅을 찾았고, 동시에 잃어버렸다고. 저는 아마, 10년 뒤에도 저는 영웅을 찾아다니고 있을 겁니다. '도대체 그 영웅은 어디에 있는 거야?' 이러면서 말이죠."

객석에서 웃음이 터져 나왔다.

"하하. 제가 이런 말을 하는 이유는, 제가 1년 전 오늘에 영웅을 찾았듯, 올해에도 어떤 한 영웅이 이곳 아카데미 시상식장을 방문할 것이라는 겁니다. 아주 잠깐 들릴 거예요. 너무 짧게 지나가서 허둥지둥하다가 또 그 영웅을 잃고 말지도 모르겠지만, 걱정 마세요. 그 영웅은 반드시 찾아옵니다. 바로 당신을요."

내가 손가락으로 객석을 가리키자, 박수가 터져 나왔다.

나는 조용히 한 손에 들린 오스카 트로피와 남우주연상 후보의 이름이 적혀 있는 봉투를 들어 올렸다.

"그럼, 영웅을 만나보시죠. 발표하겠습니다."

그리고 아주 천천히 봉투를 열었다.

욕심?

다시 한번 말하지만, 버렸다.

필요 없으니까.

굳이 그런 걸 부리지 않아도, 자격이 된다면 보상은 언제나 따라오게 마련이니까.

"제95회 아카데미 남우주연상 수상자는……."

나는 봉투를 열어 내용물을 꺼내 들었다.

그리고 아주 천천히 글자를 읽어 내려갔다.

결과에 숨이 막힐 지경이군.

"……."

그래.

간절하게 꿈을 꾼다면.

당신의 영웅은.

"저네요."

"와아아!"

언제나 당신을 따라다닌다.

외전

··· 외전(1) 송문교 ···

〈청춘 열차〉 이후, 가파르게 올라가는 도재희의 벽을 넘지 못하고 슬럼프에 갇혔던 송문교는, 국내 활동을 모두 접고 돌연 중국행을 결심한다.

중국행.

높은 개런티가 목적이거나, 방대한 아시아 활동을 위해 중국을 찾는 경우도 많지만 한국에서 인지도가 끝물인 배우거나, 논란을 일으켜 구설수에 오르내리다 사람들의 시선을 피해 도피 차 국외로 시선을 돌리는 경우도 종종 있다.

송문교는 철저한 '후자'였다.

하지만, 이 같은 결심을 하기까지는 꽤 오랜 시간이 걸렸다.

"문교야. 가서, 머리 좀 식히고 와."

"내가 왜?"

처음에는 자신이 한국 활동을 멈추고 중국으로 가야 하는 이유를 찾지 못했으니까.

이게 '유배'가 아니고 뭔가?

"한 일 이년 돈 좀 만지다 보면, 거기도 살만하다고 느낄 거다."

"아니, 그러니까 내가 왜 피해야 하냐고?"

"진짜 몰라서 물어?"

"……."

탑'급'에 올라서지도 못했는데 일찌감치 도져 버린 연예인 병. 개차반 같은 성격. 관계자들 사이에 이미 파다하게 퍼져 있는 악담.

"……시발."

알고 있다, 한국에서 지금 활동하기는 힘들 것이라는 것을.

하지만, 그렇다고 중국으로 도망가듯 달아나는 것도 자존심이 허락하지 않았다.

무엇보다.

"나 중국어 할 줄 모른다고!"

중국어라고는 전혀 할 줄 모른다.

하지만 그 점은 문제없다는 듯, L&K 박찬익 팀장은 고개를 끄덕였다.

"괜찮아."

"중국어도 못하는 데 연기를 어떻게 하냐고!"

"중국에 사투리가 몇 개인 줄이나 알아?"

"……."

"10개가 넘어. 북경 방송에 중국어 자막이 괜히 깔리는 줄 알아?"

중국어로 나오는 드라마에 깔리는 중국어 자막. 이를 특별히 의아하게 여긴 적은 없는데, 듣고 보니 그렇다.

송문교가 조심스럽게 물었다.

"왜?"

"자기네끼리도 말을 완전히 못 알아먹으니까."

"……."

"중국에서 활동하는 한국인 배우들. 대부분 슛 들어가기 전에 대사만 바짝 외워서 한 컷씩 나눠 촬영하는 거야."

즉, 중국어 발음이 조금 어눌해도 상쇄가 된다. 대사는 어차피 자막이 깔리고, 대중들이 보는 것은 감정과 자막, 그리고 얼굴. 업계에서 유명한 과장된 농담으로는, 잘생기기만 하면 한국어로 연기해도 문제없다는 곳이 바로 중국이다.

"그뿐인 줄 알아? 너 지금 중국 가면 거기서 왕이야, 왕."

중국어 좀 못해도 생활하는 데는 문제가 없다.

언어야 조금씩 배우면 되고, 과외를 겸해 줄 통역사도 24시

간 따라다닌다. 서울 땅값으로는 꿈도 못 꿀 으리으리한 오피
스텔에 살 수 있으며, 지금의 경력으로도 어지간한 중국 배우
들은 다 발라먹을 수 있다.

"……."

박찬익 팀장이 자신만만하게 설득하자 조금씩 생각을 고쳐
먹은 송문교는 결국 중국행을 결심했다.

하지만 중국을 가지만, 그 지랄 맞은 자존심은 포기할 수가
없었다.

"작품은 내가 정할 거야. 개런티도 만족스럽지 않으면, 바로
국내 들어올 거고. 알았어?"

"……."

"왜 대답이 없어?"

박찬익은 이런 송문교를 바라보며 헛웃음이 나올 뻔했지만,
고개를 끄덕였다.

"알았어."

진심은 속으로 삼켰다.

'지가 재희인 줄 아나.'

이 당시의 도재희는 미니시리즈 〈숨 닿을 거리〉와 영화 〈이
선〉을 통해 정상급 배우로 우뚝 섰다. 그에 반해, 송문교의 커
리어는 〈청춘 열차〉 이후로 멈춰 있었다.

오히려 사정사정하며 중국으로 보내달라고 해도 모자랄 판

에 배짱을 부린다.

'뭐, 일단은 두고 보라고 하셨으니까.'

그래도 L&K 입장에서 송문교는, 아직은 써먹을 가치가 있었다.

그래도 '송문교'라는 이름값은 있었고 중국에서 외화를 쫙 빨아들일 수도 있고, 여의치 않으면 국내에서 일일 드라마나 주말극이라도 돌리면 최소한 밥값 이상은 해내리라.

그마저도 못 해낸다면, 그때는 정말 이별이겠지만.

송문교가 중국에서 결정한 작품의 이름은, 〈최고의 결혼〉.

어디선가 본 것 같은 제목에, 한국 히트작이 연상되는 내용이었지만 이것저것 따질 때가 아니었다.

박찬익 팀장에게는 실컷 배짱을 부렸지만, 송문교 그의 속 내는 바짝 타들어 가고 있었으니까.

'돈, 돈, 돈.'

돈이 필요하다. 그리고 지난 1년 넘게 하지 못한 연기에 대한 갈증도 분명 존재했다. 이를 풀어내기 위해 처음 중국 드라마 팀과 미팅을 가졌을 때, 지랄 맞은 성격을 죽이고 최대한 사근사근한 표정을 지어 보였다.

하지만 이는 첫 질문부터 무참히 깨지고 말았다.

"재희 씨 있잖아요."

"······누구요?"

"송문교 씨 캐스팅하면, 재희 씨 한 컷이라도 나와 줄 수도 있나? 같은 회사던데?"

"······."

"아, 너무 무리한 부탁인가? 재희 씨 중국 활동도 슬슬 시작할 때 되신 것 같아서요."

중국 드라마 제작팀의 깜짝 발언에 송문교의 얼굴은 급격히 어두워졌다.

"······도재희 얘길 왜 나한테 하냐고 통역해 줘요."

"예?"

"저 짱개 새끼한테 똑바로 물어보라고. 아니지. 야, 매니저. 이게 무슨 개 같은 소리야?"

하지만, 매니저 역시 아무것도 모르는 얼굴이었다.

"에? 저, 저는 아무것도 들은 것이 없어요. 그냥 가서 미팅만 하면 된다고 했는데."

"이런, 씨발. 찬익이 형한테 당장 전화해."

"아! 예, 예."

"내가 호구로 보여? 도재희 그 새끼 중국 진출하는 데 끼워 파는 1+1 서비스 과자야? 뭐야?"

매니저는 박찬익 팀장과 통화를 했고, 근처에서 대기하고 있던 박찬익 팀장이 안으로 들어왔다.

아주 골치 아프다는 듯 머리를 긁으면서.

"하, 또 시작이네. 중국 놈들."

"형, 설명 제대로 해. 이게 무슨 수작이야?"

"상습적이네, 아주. 이 자식들 자주 하는 수법이야."

"……통역해요?"

"아뇨. 쟤들이 무슨 얘기 하냐고 물으면 그냥 적당히 둘러대요."

박찬익은 송문교를 향해 별것 아니라는 투로 말했다.

"문교야, 너무 신경 쓰지 마. 애초에 재희 관련 얘기는 계약 조건에도 없던 내용이었어."

"그럼 뭔데? 도재희 이름이 왜 갑자기 튀어나오는 건데?"

"뭐긴 뭐야. 도장 찍기 전에 한 번 찔러보는 거지. 재희 얼굴 한 컷이라도 집어넣으면, 중국에서 확실히 먹힐 테니까."

"……."

"근데, 재희가 중국 활동하기 싫어해. 그러니까, 너는 마음 놓고 활동하면 돼."

축구계에서 유명한 말이 있다. 메시가 없으면 산체스가 왕이라던가.

하지만 지금 돌아가는 상황을 보고 있자니, 그 왕조차 되기

걸끄러워 보인다.

"흐음, 비주얼은 좋은데…… 정말 한국에서 유명한 배우 맞죠?"

"……."

중국인 드라마 관계자는 도재희 없는 송문교에 그다지 깊은 관심을 보이지 않았으니까.

'시발, 어딜 가나 도재희. 도재희.'

결국, 도재희와 같은 회사라는 이유로 미팅을 잡을 수 있었던 것이다. 송문교는 구겨진 자존심에 당장 자리를 박차고 일어나고 싶었지만.

"참아."

"……."

"너, 지금 벼랑 끝이다. 이 기회 살려라."

그럴 수는 없었다. 박찬익의 말마따나, 이 기회를 놓치면 또 언제 기회가 올지 모르기 때문이다. 송문교는 표정을 딱딱하게 굳히며 굳게 다문 입술을 열었다.

"……정말 하고 싶습니다……."

"……네?"

"이렇게 통역해 주세요."

중국에 가면, 왕처럼 대우받을 수 있을 것이라는 박찬익 팀장의 말은 빛 좋은 개살구일 뿐이었다.

"슛 들어갈게요."

"기다리라 그래. 지금 옷 입는 중인 거 안 보여?"

"……아, 아직 안 입으셨어요?"

현장에서 하는 짓은 왕인데 아무도 왕 대접을 해주지 않아서 문제지.

"구질구질한 중국. 어우, 진절머리난다. 내가 어쩌다 여기까지 와가지고 이 고생이냐."

"아, 네에."

송문교는 계약 도장에 도장을 찍고 촬영에 들어가자마자, 그 찌질한 본색을 다시 드러냈다.

하지만 아무도 몰라봐 주는 B급 외국인 배우에게 이곳은 그리 친절한 현장은 아니었다.

〈최고의 결혼〉의 중국 최고 연출인 '젠 하오난'의 눈에 비친 송문교는 거드름만 잔뜩 피우는 풋내기 애송이일 뿐이었으니까.

"왜 아직 안 오는 거야?"

"옷 입고 있다는데요."

"무슨 옷을 20분씩 갈아입어? 옷 만들고 있나?"

"그게……"

"내가 직접 가지."

〈최고의 결혼〉의 감독 젠은 의상실의 문을 벌컥 열고 들어갔고.

"응?"

그곳에서 여유롭게 커피를 홀짝이고 있는 송문교의 모습을 보았다.

젠의 얼굴이 새빨갛게 달아올랐다.

"옷 입고 있다며?"

"아, 에. 그게……"

"네 눈에는 저게 옷 입고 있는 모습으로 보이냐! 참는 것도 한두 번이지!"

중국어로 바락바락 소리를 지르는 감독 젠의 모습을 보자, 송문교는 넋 나간 얼굴로 중얼거렸다.

"지금 뭐라는 거냐."

물론, 한국어로.

젠은 잔뜩 흥분한 채로 송문교의 면전에 서서 중국어로 욕설을 퍼붓기 시작했다.

"참는 것도 한두 번이지! 지금 뭐 하는 짓이야! 내 드라마 망치게 하려고 작정했어!"

"……"

무슨 말을 하는지는 모르겠지만, 본능적으로 자신에게 욕을 하고 있다는 것을 눈치챈 송문교는 덩달아 얼굴을 붉히며 큰소리쳤다.

물론, 한국어로.

"지금, 뭐 하자는 거냐. 중국 놈아."

"도재희를 불러오랬더니, 도재희 반도 못 되는 거지 같은 놈을 데려왔어! 왜!"

"이제 나가려고 했다. 그것도 잠시 못 기다리고 대기실까지 쫄래쫄래 찾아와서는 강아지처럼 빼액빼액 소리 지르는 이유가 뭐야? 도전이냐?"

"내 처음부터 이 재수 없는 한국 놈, 느낌 이상하다고 했지? 여기가 쓰레기 재활하는 요양원인 줄 아냐! 이 거지 같은 자식아!"

"오호, 한번 해보자는 거지? 진짜 진상 한번 부려줘?"

"프로의식이라고는 눈곱만큼도 없는 새끼! 마음 같아서는 당장 잘라버리고 싶다고! 아오! 드라마 방영만 안 했어도!"

중국어로. 한국어로. 서로가 서로에게 침을 튀기며 욕설을 퍼부었는데, 눈치 없는 통역사가 모조리 통역해 버리는 바람에 일이 천파만파 커졌다.

"뭐? 진상을 부려?"

"감히 나를 자르고 싶다고? 어떻게 자를 건데?"

결국, 먹살잡이까지 이어졌다. 송문교가 이렇게 배짱을 부릴 수 있었던 이유도, 드라마가 방영을 시작했기 때문이다.

이미 방영하고 있는 드라마인데, 자신에게 뭘 어떻게 할 수 있겠는가. 그런데 감독 '젠'은 상상 이상의 또라이였고 결국 송문교의 콧등을 이마로 들이 받아버렸다.

콰직!

"컥!"

코를 붙잡으며 뒤로 기우뚱 넘어간 송문교는 개새끼, 소새끼 방송국이 떠나가라 욕을 퍼부었고, 젠은 바닥에 침을 퉤! 뱉으며 말했다.

"하기 싫어? 그렇게 싫으면 한국으로 꺼져! 배역 바꿔!"

배역 교체 선언. 이미 방영되고 있는 드라마에서는 감히 상상하기도 힘든 초유의 말을 뱉어버린 것.

"……."

하지만 자존심에 스크래치를 입은 송문교는.

싹싹 비는 대신.

"그래! 바꿔, 이 새끼야!"

감독에게 달려들어 머리끄덩이를 붙잡고 헤드록을 걸었다.

이 찌질한 싸움의 끝은 결국 '방영 중 배역 교체'라는 사상 초유의 사태로 끝난다.

배역은 급하게 중국에서 활동하고 있는 다른 한국 배우에게 넘어갔으며. 드라마는 시작 전에는 공전의 히트를 예상했지만, 시청률은 하락하더니 종영에는 첫방 시청률의 반의 반토막나 버리며 나락 아래로 처박혔다.

"뭐?"

이 소식을 들은 L&K의 이무택 대표는.

"문교 불러. 당장!"

손목에 차여진 금시계를 풀어내며 송문교를 소환했다.

송문교는 침을 꿀꺽 삼키며 대표실로 들어섰고, 이무택 대표는 아주 차가운 이를 드러내며 웃었다.

"네가 재희야? 너, 아직 주제 파악이 안 되지? 거기서 감독이랑 싸우고 작품을 하차해? 제정신이야?"

마치, 저승사자를 보는 것 같았다.

어딜 가나 도재희, 도재희.

'젠장. 도재희의 세상에 살고 있구만.'

송문교는 눈을 질끈 감았다.

· · · 외전(2) 10년 전의 영웅 · · ·

10년 전. 스물두 살의 나.

"야, 재희. 왔냐?"

"어, 어."

"밥이나 먹으러 가자. 오늘 형이 국밥 쏜다."

"오, 웬일이냐?"

그 당시의 나는, 군대를 막 전역하고 대학교 복학을 기다리고 있던, 많고 많은 배우 지망생 중 한 명일 뿐이었다.

내가 다니던 지방대 연극영화과는 학과 정원이 40명이 조금 넘었는데, 나는 이 40명 중에서도 특출한 실력을 뽐내지 못했고, 학기 중 연극 워크샵에서 주연 한 번 해보지 못했다.

"……야."

벌써 가슴 아픈데.

쉽게 말해 주위에서 흔히 볼 수 있는 '실력 없는' 배우 지망생.

"……."

뭐. 그렇다고 눈치가 없거나 나태한 것은 아니었다.

남들이 한 번에 알아들을 때, 두 번 세 번씩 곱씹었으며 남들이 한 걸음 걸어갈 때 나는 두세 걸음씩 달리려고 노력했다. 그 결과로, 학교 생활과 함께 대학로 극단 생활까지 병행하는 것으로 발전했지만 알다시피 결과는 좋지 못했다.

내가 대학로에 둥지를 틀었던 〈장미 컴퍼니〉는 대학로 상업극단의 부조리한 점은 죄 빼다 박은 곳이었고 결국, 무대에는 제대로 서보지도 못한 채 실컷 노동 착취만 당하다 내 발로 대학로를 떠났으니까.

어쨌든. 이렇게 멍청하지만 부지런한 호구처럼 뛰어다니는 내 모습을 보면서.

"야! 09 내 밑으로 다 집합."

언젠가 한 선배가 술자리에서 같은 학년 동기들을 모아놓고 물은 적이 있다. 그 선배는 술에 잔뜩 취해서 얼굴을 붉히고는 조금 사나운 얼굴로 말했다.

"너네, 나중에 연기 하고 있을 것 같지?"

"……."

"그렇게 열심히 해봐야, 결국 힘만 빠진다니까. 연기는 말이야. 슬로우야, 슬로우. 천천히, 가늘고, 길게. 오케이?"

"……."

처음 이 질문을 들었을 때는, 꽤 신선하다고 생각했다.

나중에 연기 하고 있을 것 같냐고?

다들 이곳에 들어온 이유가 자기가 하고 싶었기 때문이 아닌가. 연기하라고 집에서 등 떠미는 경우가 몇이나 된다고.

열심히 하는 모습 응원은 못 해줄망정 왜 재를 뿌리는 거야?

연기는 못해도 자존심만큼은 그 어떤 프로들보다 강했던 나는 그 선배에게 물었다.

"할 것 같은데요?"

그러자 그 선배가 가소롭다는 듯 조소를 흘리며 말했다.

"야. 꼴값 떨지 마."

"……네?"

"단언컨대, 10년 뒤에 여기 모인 40명 중에서 연기하고 있는 사람, 많아야 두 명이다. 내기할래?"

많아야 두 명이란다. ……정말? 그렇게 적다고?

"아니지. 두 명이 뭐야. 어쩌면 '올 킬'일 지도 모르지. 그래. 그쪽이 맞겠다. 너네들 싹 올 킬이야."

"……."

올 킬이라니. 말이 너무 심하잖아?

반박하고 싶었지만, 연극영화과는 선후배 간의 위계질서가 체대만큼이나 강하게 잡혀 있는 집단이다. 우리 학교에서는 선후배 간의 우정으로 아름다워야 할 오티(O.T 오리엔테이션)를 '오지게 터지는 데이(O.T)'라고 부를 만큼 선배라면 바짝 엎드려야 했고 실제로, 엎드려 뻗친 상태로 매를 맞기도 했다.

지금 생각해 보면, 스물 한두 살짜리들이 뭐 하는 짓인가 싶지만, 그 당시의 나는 입도 뻥긋하지 못하고 선배의 말을 듣기만 했다. 저항하고 싶지만, 현실을 넘어설 수 없는 소시민 도재희였달까?

"뜰 것 같은 애들은 척 보면 싹수가 보이거든? 근데, 너네들 중에는 그럴 만한 애들이 없어."

"······."

"너희 돈 많아? 빽 있어? 아니면 설강식만큼이나 연기 잘해? 아니면 조승희랑 비주얼로 비빌 수 있어? 꿈 깨, 이것들아. 너희같이 평범한 애들은, 바짝 엎드리고 천천히 기다릴 수밖에 없는 거야."

20년 차 매니지먼트 대표나 꺼낼 법한 이야기를 당당하게 말하며 후배 가슴에 못질하던 이 선배의 이름은 아직도 또렷하게 기억이 난다.

김명수. 명수 선배는, 자신의 예언대로 40명 중 39명이 되어 대학을 졸업하자마자 연기를 그만두었고, 10년 뒤 살아남겠다는 포부는 온데간데없이, 곧바로 장난감 공장에 취직했다.

그리고 2년 뒤, 결혼을 하더니 지금은.

'재희? 걔 내 후배야. 내가 걔 반쯤 키웠지. 친하냐고? 당연하지. 전화 한 번 해볼까? 지금 부르면 당장 달려올걸?'

과거의 영광에 사로잡혀 추억을 꺼내 먹고 사는, 평범한 두아이의 가장이 되었다. 뭐, 본인이 본인 말처럼 되어버렸지만 어쨌거나 명수 선배의 말은 사실이었다. 09학번 동기 44명은 해가 갈수록 자퇴생과 휴학생이 늘어나더니 졸업식 날에는 절반밖에 남지 않았으니까.

대부분 졸업 이후에 연기 학원에 취직을 하거나 그마저도 여의치 않은 사람들은 전공과 상관없는 직장에 들어갔다.

몇몇 사람들은 원대한 꿈을 품고 대학로로 향했지만 잔혹한 현실 앞에 가로막혀 꿈이 한풀 두 풀씩 꺾이더니, 끝내 생존자는 한 손에 꼽을 정도가 되어버렸다.

"아."

잔혹한 현실이여.

생존자 중 한 명인 나는, 대학로 생활을 청산하고 L&K에 들어갔다.

"그거, 데뷔가 가능하긴 하냐?"

"도재희. 자본주의의 노예가 되려는 거냐? 거기 다 신인들

등쳐먹으려는 악덕 매니지먼트뿐이야."

"실력으로 인정받아서 캐스팅되어야 진짜 배우지!"

대학로에서 예술 타령하는 동기들의 눈칫밥을 먹으면서.

약간 그런 것들이 있는 시기다.

'나는 배우다.'

막 대학을 졸업하고 나면 잔뜩 '겉멋'에 잔뜩 드는 시기.

연극이 예술이고, 영화를 하려고 하거나 연기를 포기하면 변절자 취급을 받는 시기. 뭐, 이마저도 몇 년 지나고 나면.

"야. 오디션 하나 없냐?"

"아아악! 또 떨어졌어!"

"너희 회사. 신인배우 오디션 나이 제한 있지?"

어떻게 하면 영화에 한 장면이라도 더 나올 수 있을까 한데 모여 고민하는 분위기로 바뀌게 되지만.

그래. 꿈은 꿈이고, 돈은 현실이더라.

확실히. 10년 전의 나는, 아무것도 몰랐다.

L&K에서의 생활은 끝이 보이지 않는 터널이었다.

연습. 스터디. 오디션. 이 세 가지 루틴의 끝없는 반복.

대학로에서 활동하는 친구들은 그래도, 작은 역할이지만 무대에 서서 공연도 하고, 적지만 페이도 받는데.

나는 여기서 뭘 하고 있지?

내가 연기를 제대로 하고 있는 것이 맞나?

나, 배우라고 말할 수 있나?

누가 알아주는데?

직업란에 무언가를 기입해야 할 때면, 돈도 못 벌면서 '프리랜서'라고 적던 날들의 반복. 매일 똑같은 고민만을 반복하던 시기였다.

"야. 도재희. 요즘 잘 돼가냐?"

"……나야 똑같지."

"그래? 오디션은? 계속 보는 거야?"

"어, 어."

"그래? 열심히 해. 나는 며칠 전에 대리 달았다. 이제 월급 230은 넘어."

"……"

꿈을 포기하고 현실을 찾아 나서는 사람들의 마음이 이해가 되기 시작하고. 잠시 한눈팔고 있으면 나도 모르게 어느새 구인 구직 사이트를 뒤적거리는 내 모습을 보며 뺨을 찰싹 때리던 시기.

그래도, 이런 방황 속에서도 항상 '준비'는 했던 것 같다.

"아아. 흠. 내가 네 친오빠다. 흠흠."

내게는 오지 않는 '남'의 대본을 읽으면서, 잘나가는 배우들이 하는 연기를 매일 같이 모니터링하고 작품이 끝나고 회사에 비치된 대본들은 닳을 때까지 손에서 놓지 않았다.

"오늘도?"

"네."

"연습 끝나고 불 끄는 것 잊지 말고. 알아서 잘하겠지만."

내 선생님은 책과 TV 속에 있었다.

끝없이 반복하고 연구하는 것. 사실, 이것 외에는 할 수 있는 일이 없었다.

"재희, 또 떨어졌어?"

"……."

"뭐. 다음에는 붙겠지. 잘하자. 알았지?"

"……네."

오디션에는 질리도록 낙방했으니까.

끝이 보이지 않는 터널에서 할 수 있는 것이라고는 키를 똑바로 잡고 지도를 잘 살피며 기본기를 다질 수밖에 없었다.

하지만, 이렇게 열심히 달려가다가도 이따금 맥이 쭉 풀릴

만큼 힘 빠지는 경우도 많다.

"아무래도 나, 그만둬야 할 것 같아."

"네?"

"내년이면 서른인데, 나도 미래 걱정은 해야지."

"……너무 아깝지 않으세요? 그래도 1년은 더……."

"앞으로 1년 더 하면, 뭐가 달라질까?"

"……."

함께 터널을 걷던 사람들이 하나둘씩 이탈해 가는 일은, 대학교에서도 익숙하리만큼 많이 겪었던 일이지만 언제 겪어도 힘든 일이다.

그런데.

"이 짓. 시간 버리는 거야. 지금이라도 알아서 다행이지. 너무 늦게 알았다."

"……."

이들이 무너질 때마다 왜 흔들림 없이 걸어가던 내 가슴까지 무너져 내리는 걸까. 자기 자신에게 하는 말 같지만, 결국에는 내게 하는 말이 아닐까?

나보고 늦었다고 경고하는 걸까?

제기랄. 이럴 때마다, 기분은 정말 거지 같다.

"너는, 끝까지 포기하지 마. 알았지?"

"……."

하지만 이들의 선택을 비난할 수는 없다.

이 과정을 이겨내지 못하고, 우왕좌왕 거리다가 졸지에 난 파되는 사람들을 아주 가까이에서 지켜보면서 내 끝은 저러지 말자고 다짐했었다. 흔들리면 손해 보는 것은 나 자신이며, 절 대 흔들리지 말아야 한다.

"저는 끝까지 해볼게요."

"……."

"뭐라도 되겠죠."

그래. 어쨌거나, 명수 선배의 질문이 내 삶에 일종의 '트리거' 가 되었음은 부정할 수 없겠다.

"네가 10년 뒤에 연기를 하고 있을 것 같아?"

이 질문은, 내게 있어 중요한 한 가지를 결심하게 만들었으 니까. 40명 중 살아남은 한두 명이 되는 것. '반드시 연기를 해 서 살아남자'라는 확고한 신념이 생겼으니까.

'두고 봐. 10년 뒤에 나는, 할리우드에서 영화를 찍고 있을 테니까.'

매일매일을 다짐했던 것 같다.

'난 너와는 달라. 난 적어도 하고 싶은 걸 하면서 살잖아.'

하고 싶은 일과, 해야 하는 일 사이의 괴리감. 사람들은 저마다 꿈 한 조각씩을 가슴속에 품고 산다.

나는, 무명배우 시절. 반드시 이 바닥에서 살아남겠다는 꿈을 독기 하나로 버텨냈고. 친구의 성공을 바라보며 질투심에 허덕이던 그 날. 내 마음속에 소심한 영웅 한 명이 나타난 것을 느낄 수 있었다.

영웅. 아니면, 기연.

지금은 너무 소심해서 영웅이라 부를 수는 없지만.

'10년 뒤.'

언젠가는 세상 밖으로 나가 사람들 앞에서 당당하게 소개할 수 있는 그런 영웅이. 10년 뒤쯤, 누군가 '그 영웅은 어디로 갔나?'라고 물으면 당당하게 밝힐 수 있는 그런 녀석이.

이 소심한 영웅은 해가 지날수록 조금씩 덩치를 불려갔고.

정확히 10년 뒤. 모두가 알다시피 나는 제94회 아카데미 시상식에서 내 영웅을 세상 사람들에게 공개했다.

하지만 이 얄팍한 영웅 녀석은 오스카 남우주연상과 등가교환이라도 한 듯, 그 짧은 수상 소감을 끝으로 홀연히 사라져 버렸고. 내 곁을 떠나며, 10년 후의 만남을 기약했다.

"……."

아. 10년 뒤라니.

대체 10년 뒤의 내 영웅은 어떤 모습일까.

조금 달라지고, 성숙한 모습일까.

모르겠다.

그때가 되면 알 수 있겠지.

부디, 보기 좋은 모습이기를.

··· 외전(3) 10년 후의 영웅 ···

아버지에게 새로운 취미가 생기셨다.

별장 한편에 마련된 그릴에서 바비큐와 베이컨을 굽고, 한 손에는 맥주병을 든 채.

"아이고, 내 새끼들!"

금쪽같은 손자들에게 잘 구운 바비큐를 먹이는 여유로운 취미. 뿐만 아니라 이따금씩 머랭 파이며, 연어 샐러드 같은 요리를 만드는데 취미를 붙이신 아버지와.

이런 아버지 곁을 지키는 어머니는.

"여보. 맥주병은 좀 내려놓는 게 어때요?"

10년째 변함없는 당당함으로 무장하셨고.

"흠흠. 그럴까."

"애들 보는 앞에서, 대낮부터 자꾸 술이야."

이 집안에서 가장 강력한 권력을 휘두르셨다.

가족이 모두 미국으로 이사했다.

처음에는 아들 일에 짐이 되고 싶지는 않다며 미국행을 한 사코 거부하셨지만, 결국 승낙하실 수밖에 없었던 이유는.

"그렇지, 엘라니?"

"그럼요, 어머님. 아버님은 술 좀 줄이셔야 해요. 아셨죠?"

"으, 응."

똑 부러진 외국인 며느리가 미국에 살기 때문이다.

"……."

며느리. 엘라니 오코너.

엘라니 오코너는, 내가 자신에게 영감을 불어넣는 존재라며 먼저 적극적으로 호감을 표시했고 결국, 우리는 5년의 연애 끝에 결혼했다.

올해는 벌써, 결혼한 지도 5년이나 지난 2033년. 내 삶의 모습은 이제는 너무나도 익숙한 일상적인 모습이지만.

가끔, 아주 가끔은, 이게 정말로 내 삶이 맞는지 어색하게 느껴지기도 한다. 연애라고는 대학교 다닐 때 아주 잠깐 해본 것이 전부인 내가.

두 아이의 아빠라니, 유부남이라니.

"또 이상한 생각 하죠?"

엘라니가 장난스러운 표정으로 나를 노려보았다.

두 아이의 엄마라고 믿기 어려울 만큼 여전히 아름다운 미모를 유지하고 있는 그녀는, 10년이 지난 지금도 그래미를 주름잡는 세계적인 싱어송라이터다.

"아뇨. 아무 생각도."

"으흠. 아닌 것 같은데. 오늘 스케줄 없어요?"

"네. 쉬는 날이에요."

"저는 스케줄 있어서, 가볼게요. 어머니 다녀올게요!"

신혼집으로 선택한 곳은, 내게도 익숙한 LA의 베벌리힐즈.

170억이 넘는 초호화 대저택을 구입해, 아예 가족들 전부 모시고 미국에 정착했다. 단순히 평수만 넓은 것이 아니라, 자연을 사랑하는 엘라니의 성향을 고려하여 집 안에 작은 숲과 거대한 화단을 꾸려놓았다.

집에서 숨바꼭질을 하면 하루 종일 찾지 못할 만큼 넓은 집이지만. 비행기 활주로에 관제탑까지 지어버린 할리우드 스타도 있는데 이 정도는 애교지.

내게는 두 명의 자식이 있다. 네 살짜리 아들과 걷는 모습만 봐도 흐뭇해지는 막 돌이 지난 딸.

할아버지 할머니 곁에 지내며, 사랑을 듬뿍 자라는 자식들을 보고 있으면, 그 어떤 때보다 포만감을 잔뜩 느낀다. 나는 꺅꺅거리며 즐겁게 놀고 있는 자식들의 모습을 보며 미소 짓고는, 뒤를 돌아 저택 한구석에 서재로 향했다.

서재. 작은 마을 도서관이라고 불러도 좋을 만큼 방대한 규모에 다양한 서적이 꽂혀 있는, 오직 나만의 공간.

결혼한 유부남들에게는 오직 혼자만의 시간을 보낼 수 있는 일종의 '동굴'이 필요하다고 박진우 연출에게 조언을 들었는데, 꼭 맞는 말인 것 같다.

서재는, 오직 나만을 위한 공간이다.

내가 이제껏 받았던 수많은 트로피가 일렬로 정렬되어 있으며, 내가 촬영했던 작품들의 대본들도 잘 정리되어 있다.

언제든지 펼쳐볼 수 있는 다양한 인문학 서적들도 같이.

이제는 책을 먹을 수 없기에. 평소에도 틈틈이 이곳에서 공부를 하거나 책을 읽었는데, 요즘에는 그 시간이 많이 줄어들었다.

책상에 앉아 '원고'를 준비 중이기 때문이다.

띠링!

[원고 작업은 얼마나 진행됐어?]

마침 문자가 도착했다.

여기서 말하는 원고란, 내 삶을 자서전 형식으로 출간하기 위한 작업을 말하고, 그뿐만 아니라 만화나 희곡 형식으로 다양하게 꾸며보고 싶다는 한국의 모 출판사 측 제안이 있었기 때문이다. 그래서 나는 틈만 나면 이렇게 내 삶을 정리한 글을 남기고는 한다.

도재희의 삶.

나는 타이핑을 멈추고 답장을 보냈다.

[오늘로 마무리.]

띠링!
수신자 '황재익 대표'라고 적혀 있는 내 문자 메시지가 전송 되었고 곧바로 재익이 형에게서 답장이 왔다.

[오케이!]

재익이 형. 그가 왜 대표로 저장되어 있을까.
때는 7년 전. L&K와 내 계약 기간이 끝나고, 내가 FA 신세로 시장에 나왔을 무렵. 재익이 형은 나를 따라 덩달아 퇴사 해 버렸다.
이유는, 업계에 다수의 매니저들의 꿈과 똑같다.

자신의 회사를 만들고, 자기 손으로 스타들을 키우고 싶다는 꿈.

"너무 막 나가는 거 아냐?"

주위의 시선에도 불구하고 재익이 형은 이를 강행했고, 회사를 세웠다. 재익이 형이 가진 것이라고는 보증금 오천만 원으로 얻어낸 조그만 사무실 하나가 전부였지만.

"그동안 저 때문에 고생하셨던 선물이랄까."

"응?"

"저랑 계약해요."

"어, 어, 으, 으에엑?"

"……왜요? 설마, 제가 귀찮아진 건 아니죠?

"그, 그럴 리가! 부담될까 봐 말 못 했던 거지. 너라면 9대1로 해줄게! 아니지. 그냥 네가 비율 다 먹고 월급만 줘도 괜찮아."

재익이 형에게는 내가 있었고 나를 1호 연예인으로 영입하는 것에 성공했다.

도재희가 들어간 회사.

재익이 형이 만든 회사인 J.I 엔터테인먼트는 내 이름값이라는 홍보 효과를 톡톡히 보았고, 창업 3년 만에 1만 2천 주로 상장에 성공하며, 사람들의 시선을 끄는 데 성공했고.

지금은 한국에서 1, 2위를 다투는 거대 엔터가 되었다.

아, 그리고 결국 영미 씨와도 결혼했다. 몇 년간 붙어 다니며 아웅다웅하더니, 미운 정이라도 든 모양이다.

뭐, 일찌감치 눈치채고 있던 일이지만 결혼 선물로 강남에 아파트를 사주려고 했는데, 재익이 형은 내 도움이 필요 없을 정도로 성공해 버렸다.

"흐음."

이렇게 옛 추억들을 꺼내며 글을 쓰다 보면 자연스레 느끼는 거지만 10년 전과 비교해 보았을 때, 많은 것이 변했다.

정말로.

돈 많은 프리랜서들이 으레 그러하듯 대부분의 시간을 가족들과 여행을 다니거나, 섬에 틀어박혀 골프와 테니스를 즐기며 보냈다.

나를 모르는 사람들에게는 내 직업을 '육아 대디'라고 말할 수 있을 만큼 일 년에 서너 작품씩 다작을 하며 맹렬하게 앞만 보고 달려 나가던 10년 전의 나와는 매우 대조적인 모습이다.

하지만, 일도 관성이란 것이 존재하지 않은가.

최소한 1년에 영화 한 편씩은 꼭 찍었다.

그래서일까. 아카데미와의 인연은 예전만큼 자주 닿지는 못했지만, 주변을 둘러볼 수 있는 여유를 가지게 되었다.

1년에 한 작품씩 선택한 내 작품은 언제나 흥행가도를 달렸으며 굵직한 상을 수상하기도 했다.

덕분에 한국에 있는 많은 후배들에게 존경을 받으며 부끄럽지 않게 커리어를 이어나갈 수 있었다.

하고 싶은 일을 하면서, 아무런 걱정 없이 살 수 있는 삶.

축복이지.

하지만 내가 받은 축복.

딱 그 이상만큼 책임감 또한 함께 느낀다.

아주 오랜만에 한국 땅을 밟았다. 목적은, 강남 포엑스 홀에서 진행된 내 자서전 출간행사 및 대학생들을 대상으로 이뤄진 강연이 목적.

"강연이라니. 제가 뭐라고."

내 장난스러운 투에 재익이 형이 받아쳤다.

"누구긴 누구야. 세계에서 가장 섹시한 남자 1위. 도재희지."

"아, 좀. 대체 몇 년 전 얘기를 아직도 우려먹고 그러세요? 지금은 보다시피 육아에 전념하는 유부남입니다만."

"유부남은 섹시하면 안 되는 법이라도 있나? 안 그래요, 제수씨?"

"……."

"넌, 예나 지금이나 똑같은 도재희야. 후훗."

어휴. 말을 말아야지.

재익이 형이 내가 자랑스럽다는 듯 어깨를 두드리며 말했다.

"자, 이제 슬슬 강연 들어가자."

"네."

홀 안으로 걸어 들어갔다. 포엑스 홀의 2천 400여 석은, 파릇파릇한 젊음으로 가득 찼다.

"와!"

내가 한창 왕성히 활동하던 십 년 전. 내 영화를 보며 꿈을 키웠을 소년 소녀들이 대학생이 되어 내 앞에 앉아 있다.

기분이 묘해진다.

벌떡 자리에서 일어나 박수를 보내는 학생들에게 자리에 앉으라고 손사래 쳤다.

"하하, 다들 자리에 앉으세요. 계속 서서 이야기할 수는 없잖아요?"

그러자 자리에 앉았고, 나 역시 무대 가운데 앉아 있는 의자에 앉았다.

"반갑습니다, 도재희 입니다."

그리고 이들과 아주 천천히 눈을 맞추며 입을 열었다.

"아시다시피 오늘 이 자리는, 지난 이십 년간 달려왔던 제 커리어에 대해 이야기하는 자리입니다. 이야기에 앞서서, 먼저 감사합니다. 오늘 여러분들이 사주셨던 제 책을 통해 나온 수익금은 모두 재단법인 'Do'의 이름으로 재능은 있지만 발굴되지 못한 가난한 예술가들에게 기부됩니다."

내 이야기를 쓴 책을 팔고, 도재희 라는 이름을 팔아 일종의 기금행사를 하는 것.

대단한 일은 아니지만. 오직 '내가 할 수 있는 일'을 하고 있는 셈이다.

"어디서부터 이야기해야 할지 몰라 많이 고민했습니다. 사실, 이런 자리는 익숙하지 않거든요. 강연이라니. 제의를 승낙하긴 했지만, 걱정이 앞서더군요. 과연 제가 여러분들께 무슨 이야기를 할 수 있을까. 하고 싶은 이야기는, 어차피 책들에 다 있는데."

"하하하!"

학생들에게서 웃음이 터져 나왔고, 나 역시 덩달아 웃으며 말을 이었다.

"하하, 그래서 질문을 받을까 합니다. 만약 여러분들이 제게 궁금하신 점이 있다면, 성실히 대답해 드리겠습니다. 그러다 생각나는 이야기가 있다면, 그때 조금 해보도록 하죠."

내 제안에 학생들 십여 명이 동시에 손을 들어 올렸다.

나는 그중에서 가장 앞줄에 앉은 여학생을 지목했다.

여학생이 물었다.

"지금까지 만나보았던 스타 중 가장 예뻤던 스타가 누구인가요?"

"……에?"

"하하하하!"

뜬금없는 질문과 내 당황스러운 반응이 묘하게 어우러지며 분위기가 화기애애해졌고, 나는 장난스럽게 받아쳤다.

"으음, 글쎄요. 너무 뻔한데."

"오오오오!"

여학생들의 뜨거운 호응에 어쩔 수 없다는 듯 입을 열었다.

"애 엄마지요."

"우와아아!"

"하하, 이런 답이 정해진 질문 말고, 조금 참신한 질문은 없나요?"

다양한 질문들이 이어졌다. 집은 몇 평이냐는 다분히 개인적이고 장난스러운 질문부터 처음부터 연기를 하고 싶었는지, 가장 기억에 남는 영화가 무엇인지, 앞으로 계획은 어떤지 등등.

그럴 때마다 나는, 성실하게 대답하며 현장에서 직접 체득했던 감정과 노하우들을 들려주었다.

한 학생이 물었다.

"십 년 전, 아카데미 시상식에서 10년 뒤의 영웅을 좇는다고 하셨는데. 어떻게, 영웅을 찾으셨나요?"

이 질문. 아, 그렇지.

잠시 잊고 있었다. 벌써 10년이 지났지.

나는 옅게 미소 지으며 고개를 가로저었다.

"아뇨."

그러자, 질문은 학생이 조금 당황하며 되물었다.

"왜죠?"

나는 답했다.

"스물셋. 처음 영웅을 쫓았고 서른셋에 영웅을 만났는데. 그 친구가 그러더군요. 10년 후의 나에게서 찾으라고."

10년이면 강산이 바뀌는 시간이고, 실제로 내 주변의 많은 것들이 변했다. 나 역시 마찬가지.

'성공'하나만 보고 미친 듯이 달려가던 십 년 전의 나는 사라졌고. 지금처럼 주변을 둘러보고 한번 쉬어갈 수 있는 여유로운 나로 바뀌었다.

한 가지 바뀌지 않은 것이 있다면 딱 하나.

"도무지 못 쫓겠어요."

내 영웅을 쫓지 못하겠다는 것.

"애초에 잡을 수 있는 친구가 아니더군요. 쫓아왔더니, 또 저만치 달아나버렸어요. 10년 후의 저에게로."

이 질문에 대한 답을 찾으려면 또 10년을 기다려야 한다.

아니, 어쩌면.

"어쩌면, 그때도 찾을 수 없을지도 모릅니다."

"……."

내 대답에 질문한 학생이 입을 다물었다.

아마, 예상했던 대답이 아니었던 모양이다.

내가 빙그레 웃어 보였다.

"하지만, 한 가지 확실한 것이 있어요."

"……뭔가요?"

학생이 다시 기대감을 품었다.

나는, 아주 담담한 목소리로 말했다.

"이렇게 10년, 20년 계속 달려가다 보면, 누군가는 당신을 영웅이라 불러줄 겁니다."

나는 이제 더 이상 책을 먹지는 못하지만.

여전히.

정상을 향해 뛰고 있다.

The end

마왕성 플레이어

트레샤 퓨전 판타지 장편소설
WISHBOOKS FUSION FANTASY STORY

신들의 전장, 하멜.

집으로 돌아가기 위한 마지막 싸움.
믿었던 동료가 배신했다!

[영혼 이식의 대상을 선택해 주십시오.]

뒤바뀐 운명. 최약의 마왕. 그리고…….

"이번에는 좀 다를 거다!"

**어둠 속에 날카로운 칼날을 감춘,
마왕성 플레이어의 차가운 복수가 시작된다.**